わきまえないカラダ

橘真児

双葉文庫

目次

わきまえないカラダ

第一章　どうにもとまらない

1

「さ、どうぞ。何もありませんけど」

後輩の奥さんのもてなしに、浦田雅道《うらたまさみち》は「恐縮です」と頭を下げた。

今夜は会社の同僚と飲み会があり、二軒目を出たのが午後十時過ぎ。会はお開きになったものの、雅道はまだ飲み足りなかった。

その心境を察したみたいに、後輩の登倉《とくら》が『ウチで飲みませんか?』と誘ってくれたのだ。

そうしてホイホイとお呼ばれに応じたものの、初めて招かれた後輩の住まいに到着するなり、雅道は激しく後悔した。

四年前に購入したという、タワーマンションのペントハウス。外観も立派だったが、ホールからエレベーターから廊下から、どこぞの宮殿に迷い込んだのかというぐらいに高級感があった。

当然、室内も隅から隅までセレブ仕様。小汚い靴下で歩くのは申し訳なく、思わずスリッパを貸してくださいとお願いした。

何しろ、三十六歳にして独身の雅道が住むのは、築三十年の安アパートなのだ。住む世界が違うとは、まさにこのこと。引け目を感じずにいられなかった。

おまけに、初めてお目にかかった友人の妻は、笑顔のチャーミングな美女であった。髪が長くて、物腰も上品だ。

音大出身でピアノを教えているそうだから、名家のお嬢様かもしれない。後輩の稼ぎはたかが知れているし、このマンションも彼女の実家がお金を出したのではあるまいか。広いリビングには黒光りするグランドピアノが置いてあり、それにも圧倒された。

まったくもって、庶民には縁遠いところである。会社での登倉は気さくな男だったし、こんないい暮らしをしているなんて夢にも思わなかった。

妻の翔子《しようこ》は、高校の同級生とのこと。つまり三十三歳だ。

色白の肌は綺麗で若々しく、二十代でも充分に通用する。それでいて、エプロン姿には人妻の色気も感じられた。

これぞまさに、男が理想とする奥方そのものではないか。あまりに完璧すぎて、やっかむ気にもなれない。

突然お邪魔したにもかかわらず、リビングのテーブルにはあらかじめわかっていたかのように、手作りのおつまみが並べられる。おまけに、高そうなウイスキーまで勧められたのだ。

上機嫌でグラスに注いでくれる後輩とは対照的に、雅道は急速に酔いが醒《さ》める心地がした。

(こりゃ、早めにおいとましたほうがいいな)

かと言って、出されたものに手をつけないのは失礼だ。遠慮なくご馳走になるうちに、奥さんを交えての会話もはずんで、だいぶ場に馴染んできた。

ふと気がつけば、後輩の登倉が寝落ちしていた。

三人は低いテーブルを囲み、それぞれが大きなクッションに坐っていた。登倉はそこからずり落ちて、柔らかなカーペットの上で鼾《いびき》をかいていたのだ。

(やっぱり飲み過ぎだよ)

家に帰って、安心したためもあるのだろう。大の大人が、子供みたいな寝顔を見せている。

「あらあら、またなの」

翔子があきれた口調で言い、別室から持ってきた毛布を掛ける。こういうことはしょっちゅうあるのだろうか。

「寝室で寝かせたほうがいいんじゃないですか?」

雅道の言葉に、美人妻はかぶりを振った。

「こんなふうに寝ちゃったら、何があっても朝まで起きないんです。そんなにお酒が強くないのに、飲み過ぎるから」

やれやれというふうに肩をすくめる。やはり登倉家では、珍しいことではないらしい。

「じゃあ、おれはこれで失礼します」

いいタイミングだと腰を浮かせかけた雅道であったが、

「まだいいじゃありませんか」

翔子に引き止められる。しかも、彼女はクッションを移動させ、すぐ隣に移ってきたのだ。

ふわ――。

甘い香りが鼻をかすめる。香水ではなく、成熟した女体が放つフェロモンに違いない。

　美人はやっぱりいい匂いなんだなと納得した雅道であったが、翔子が興味深げに顔を近づけてきたものだから動揺した。そればかりか、

「浦田さんの声って、とっても素敵ですね」

などと、耳元で囁《ささや》かれてうろたえる。

「そ、そんなことありませんよ」

　雅道はすかさず否定した。

　声がいいなんて、これまで一度として言われたことがない。どうして本気にできようか。他に褒めるところがないものだから、苦し紛れにお世辞を絞り出したのだと思った。

「あら、わたしが嘘を言っているというんですか？」

「いや、だって――」

「実はわたし、絶対音感があるんです」

　唐突な告白に戸惑ったものの、彼女は音大出身でピアノも教えているのだ。そういう才能があっても不思議ではない。

　だったら尚のこと、自分の声を素敵だなんて思うはずがない。雅道は胸の内で

決めつけた。

すると、翔子が解説を始める。

「人間には、個々に好ましい音域があります。それを聞くと安心できたり、よく眠れたりするんです。これには、母親の胎内にいるときに聞いていた音が、密接に関係すると言われてます」

そんな説を聞くのは初めてだったが、いかにもありそうな話ではある。

「わたしにとっては、浦田さんの声がそれなんです。安心するというよりも、それ以上に好ましいっていうか」

「え、好ましい？」

「率直に言えば、聞いているだけで背中がゾクゾクするんです」

「……こ、光栄です」

他に言いようがなく、雅道は取って付けたような礼を述べた。かなり狼狽《ろうばい》していたためもある。

何しろ、美人妻との距離が近いのだ。甘い体臭ばかりか、かぐわしい吐息までも嗅がされて、頭がクラクラするようだ。

すると、翔子が気分を害したみたいに眉をひそめる。

「浦田さん、ちっともわかってくださらないのね」

拗《す》ねた面差しは、三十三歳とは思えないほど愛らしい。それでいて、濡れた瞳に艶気が滲んでいる。

いい年をして独身でも、さすがに童貞ではない。けれど、女性からこんなに色っぽく見つめられたのは初めてだ。

おかげで、ますます動揺する。

「わからないって、な、何をですか？」

「わたしの気持ちが、どれだけ昂《たかぶ》っているのかを」

いきなり手を握られ、雅道はドキッとした。人妻の手指がうっとりするほど柔らかで、温かかったからだ。

こんな手でペニスを握られようものなら、たちまち白い毒液をほとばしらせるであろう。などと、淫らな想像をしてしまったのは、これから起こることを敏感に察していたせいかもしれない。

ともあれ、手を握られたぐらいは、まだ序の口だった。夫の同僚の手を、翔子がためらいもなくエプロンの下へ誘ったのである。

（わわっ！）

雅道は心の中で叫んだ。かろうじて声を抑えたのは、そばで後輩が眠っていたからである。

いくら仲が良くても、こんな状況を知られるわけにはいかない。明らかに不貞行為なのだから。

それでも、こみ上げる劣情を抑え込むのは不可能だった。

触れたのは、シルクみたいになめらかで、むっちりした大腿部。そこに至って初めて、彼女がエプロンの下にミニスカートを穿いていたのだとわかった。

(ふ、太腿がっ!)

ストッキングを穿いていないナマ脚ゆえ、柔肉の感触が生々しい。十年近くも親しい付き合いの異性がいない雅道には、目の毒ならぬ手の毒であった。

おまけに、手がさらに奥へと導かれたのである。

「あん」

艶っぽい声が洩れたのと同時に、指が終着地点に到達する。薄い布でガードされたそこは、公にできない秘密の三角地帯であった。

(嘘だろ……)

蒸れた熱さと、じっとり湿った感触に戸惑う。人妻の恥園《ちぞの》は、明らかに濡れていた。

「わ、わかるでしょ」

翔子が声を震わせる。ほんの軽いタッチでも感じたのか、吸いつくような内腿で、雅道の手を強く挟み込んだ。

「あなたの声のせいで、こんなになっちゃったのよ」

欲情の証を示されては、認めないわけにはいかない。

2

(おれの声を聞いただけで、ここまで濡れたっていうのか?)

部屋に入ってから、あれこれ話したことを思い出す。そのとき、彼女は淑《しと》やかな笑顔を見せていたが、実は欲情の蜜をこぼすほどに昂っていたというのか。

(絶対音感があるなんて言ったけど、絶対性感の間違いじゃないのか?)

くだらないことを考えたとき、翔子の手がこちらへのばされる。牡《おす》の中心部分へと。

「あふっ」

雅道は堪えようもなく喘いだ。後輩の奥さんが、ズボン越しにペニスを握り込んだからだ。

「まあ、大きくなってるわ」

淫蕩《いんとう》に目を細められ、頬が熱く火照《ほて》る。甘い香りと体温が感じられるほどに、彼女に接近されたときから、海綿体が血液を集めつつあったのだ。

そして、しなやかな手指に強弱をつけられることで、そこがいっそう力を漲《みなぎ》らせた。

「あん、すごい」

悩ましげに眉根を寄せた人妻が、唇を舐める。あたかも、手にしたモノを味わいたいというふうに。

エロチックなしぐさにも煽られて、分身は完全勃起した。

「もう勃《た》っちゃった」

ストレートに牡器官の状態を述べ、三十三歳の美女が目を細める。欲望のテントの稜線に、白魚《しらうお》の指をすべらせた。

「むふっ」

背すじがゾクッとする快《こころよ》さに、太い鼻息がこぼれる。彼女は漲ったモノの大きさを確認してから、改めて高まりを摑んだ。

「あうう」

目のくらむ悦びが生じ、雅道は天井を仰いだ。その部分が抵抗するみたいに脈打つ。

「すごく硬いわ……鉄みたいね」

うっとりしたつぶやきに、雅道は快感と居たたまれなさの両方を味わった。ここまでされても理性を捨て去ることができず、後輩に申し訳なさが募る。

「浦田さん、おいくつなんですか？」

「さ、三十六です」

「わたしたちの三つ上なんですね。でも、ここは主人よりも若いわ」

いくらなんでも、夫がいるすぐそばで、他の男と性器を比較するなんて。もしも目を覚ましていたら、登倉はさぞ憤慨したであろう。

「いや、そんなことはないでしょう」

雅道はやんわりと否定した。女っ気のない生活が長いのを、見抜かれた気がして恥ずかしかったのだ。だからズボン越しにさわられただけで、ギンギンになったのではないのかと。

するとなぜだか翔子がムキになる。

「あら、本当ですわ」

牡の高まりから手をはずし、彼女が離れる。スカートの中に侵入していた雅道の手も、解放されることとなった。

無粋な発言で気分を害したから、これで終わりだというのか。ちょっぴり安堵しつつも、雅道は正直、しまったと後悔した。もっと親密にふれあいたい気持ちが高まっていたのだ。

ところが、次の翔子の行動に度肝を抜かれる。なんと、眠っている夫の股間に、毛布の上から触れたのである。

「むぅ」

小さな呻《うめ》き声が聞こえ、まずいと焦る。そんなことをして、起きたらどうするのか。

けれど、登倉は瞼を閉じたままで、相変わらずの高鼾だ。

それでも、妻にシンボルを愛撫され、多少なりとも快感を得ているらしい。表情が悩ましげである。あるいは、外部刺激が影響して、淫夢でも見ているのだろうか。

「大きくなってきたわ」

翔子が嬉しそうに言う。毛布が薄手のため、彼女の手にした部分が膨張しているのは、雅道にもわかった。

「うん。やっぱり浦田さんのほうが硬いわ」

納得顔でうなずいた彼女がこちらを見て、

「さわってみます？」

なんて言ったものだから、雅道は即座にかぶりを振った。

「け、けっこうです」

いくら仲の良い後輩でも、エレクトしたイチモツなど触れたくはない。いや、萎えていたって御免だ。

「あら、そう」

本気で言ったわけではなかったのか。夫の隆起をそのままに、翔子が立ちあがった。

「じゃあ、浦田さんの硬いオチンチン、もっと気持ちよくしてあげるわね」

思わせぶりな笑みを浮かべ、エプロンの下に手を入れる。

（え――？）

雅道は目を疑った。彼女が少しも躊躇《ちゅうちょ》せず、スカートを脱いだからだ。続いてベージュ色の薄物も、美脚をするすると下る。

（マジかよ……）

夫ではない男の前で、下半身をあらわにする人妻。エプロンが隠しているため、肝腎なところは見えないものの、背中を向ければ熟れたヒップが丸出し状態なのである。

あまりのことに言葉を失った雅道の前に、彼女が膝をつく。股間の高まりを再び摑み、ズボン越しにすりすりと摩擦した。

「あふぅうっ」

快い電流が体幹を貫く。たまらず声を上げると、翔子がにんまりと淫蕩な笑みをこぼした。

「いいわ、その声。ゾクゾクしちゃう」

雅道の喘ぎ声に、翔子が陶酔《とうすい》の面持ちを浮かべる。演技でも何でもなく、心を奪われているふうに。

（おれの声で感じるって、本当だったのか！）

秘部も熱く湿っていたし、今も表情が淫らに蕩《とろ》けている。これはもう、媚薬に等しいと言えるのではないか。

とは言え、雅道の声で、誰でもこうなるわけではない。すべての女性をメロメロにするセクシーボイスの持ち主だったら、恋人が何人もできるだろうし、結婚だってとっくにしているはずだ。

（こうして彼女に出会えたのは、運命なんだろうか）

せっかく自分の声を気に入り、欲情までしてくれる女性と巡り合ったというのに、すでに他の男のものだなんて。本当に運命だとしたら、神様はあまりに意地悪だ。

とにかく、人妻に手を出すのは好ましくない。まして、夫が眠っているそばでだなんて。

（やっぱりまずいよ……）

しかしながら、今さら後悔しても手遅れだ。

登倉はよく眠っている。妻が会社の先輩と、許されない行為に及ぼうとしているのも知らず。明日からどんな顔をして、彼と接すればいいのだろう。

翔子はと言えば、まったくおかまいなしである。牡のテントから白魚の指をはずすと、今度は雅道のベルトに手をかけた。

（え、まさか）

戸惑う間も与えられず、ズボンの前を大きく開かれる。肉棒の武骨な形状を浮かびあがらせた、紺色のブリーフがあらわになった。

「おしりを上げて」

指示されて、反射的に従ったのは、ためらいとは裏腹に、快楽を求める気持ちが強まったせいなのか。それでも、ズボンとブリーフをまとめて脱がされ、さすがに頬が熱く火照る。

(ああ、そんな)

下半身のみを晒した、みっともない格好。猛々しい姿の分身を見られ、雅道は羞恥にまみれた。

そのくせ、艶やかな視線を浴びたそこは、もっと見てとばかりに小躍りする。

「ふふ、元気ね」

色っぽく目を細められて、穴があったら入りたい心地がした。

そのとき、彼女が悩ましげに小鼻をふくらませたのである。何を嗅いだのかなんて、いちいち確認するまでもなかった。

「男のニオイがするわ……」

露出した肉根が、燻製《くんせい》みたいな臭気をたち昇らせていた。一日働いたあとで飲み会もあり、股間はかなり蒸れていたのだ。

「あの、シャワーを──」

エロいことをするのなら、せめて洗ってからにしてもらいたい。そう思って申し出たのに、

「ダメよ」

翔子にぴしゃりと撥《は》ねつけられてしまった。

「わたし、オチンチンの正直なニオイが好きなんだから」

雅道の声ばかりでなく、蒸れた牡臭も好むなんて。

美しい人妻のマニアックな趣味に、雅道はあきれた。けれど、漲りきった男根を握られ、だらしなく呻いてしまう。

「浦田さんのおチンポ、ギンギンに硬くて、とっても素敵よ」

音大出身の上品な人妻が、そんな露骨なことを口にするとは。雅道は現実感を失いそうであった。

（こんなひとだったなんて……）

さっきまでの丁寧な言葉遣いも、いつの間にかくだけたものになっている。今やペニスばかりか、この場の主導権も握られていた。初対面の淑やかな印象は、

いったい何だったのか。

もしかしたら眠っているのは登倉ではなく、自分ではあるまいか。そして、彼の奥さんに誘惑される夢を見ているのではないか。

そんなあり得ない妄想にも囚われたとき、

「もっとよく見せてね」

クッションに坐った雅道の中心に、翔子が顔を寄せた。ほとんど四つん這いに等しい格好で。

奥様らしいエプロンを着けていても、下半身はすっぽんぽんなのである。背後に突き出されたヒップはツヤツヤした剝き身で、綺麗なハート型だ。おまけに、けっこうボリュームがある。

（なんて素敵なおしりなんだ……）

シンボルがビクンビクンとしゃくり上げる。上半身は着衣のままだから、ナマ尻がいっそうエロチックに映った。

おかげで、中心を熱い粘りが伝う感覚がある。

「あら、透明なおツユが出てきたわ」

嬉しそうに報告した翔子が、唇からやけに赤い舌をはみ出させる。張り詰めた亀頭に向かって差しのべ、鈴口《すずぐち》をペロリと舐めた。

「むはッ」

敏感な粘膜に舌を這わされ、喘ぎの固まりが喉から飛び出す。快美電流が、背すじを高速で駆けのぼった。

（ああ、そんな）

気持ちよさに膝を震わせつつ、申し訳なさも強まる。洗っていないペニスを舐められて平然としていられるほど、雅道は図太くなかった。

「ふふ、気持ちいいの？」

翔子が上目づかいで訊ねる。年下とは思えない、挑発的な眼差しに気圧《けお》されて、雅道は何も答えられなかった。

巻きついた指の感触から、筋張った筒肉がかなりベタついているのがわかる。生々しい匂いを知られた上に、味見までされてしまった。もう、彼女には一生頭が上がらない。

「もっと感じて」

赤く腫《は》れた頭部を、翔子が口に入れる。ちゅぱッと舌鼓《したつづみ》を打たれ、クッションの上で腰がガクンとはずんだ。

静かにしなければいけないのに、どうしようもなく声が出てしまう。

「ああ、ああ」

(登倉が起きたらどうするんだよ)

彼女の夫である後輩が、すぐそばで眠っているのだ。目を覚まそうものなら、修羅場は確定である。

ところが、翔子は少しも心配していないらしい。舌をピチャピチャと躍らせ、敏感なくびれをねちっこく攻める。

そのせいで、雅道は忍耐を役立たずにされた。

「う——ううう、あ、あふ」

身をよじり、喘ぎ、肉根を雄々しく脈打たせる。そんな反応を上目づかいで確認しながら、人妻は口内で暴れるものを嬉々として吸いたてた。

(翔子さん、わざとやってるんじゃないか?)

後方に突き出された三十三歳の熟れ尻が、いやらしく左右に振られている。それを見て、雅道はもしやと思った。

絶対音感を持つという翔子は、雅道の声でいやらしい気持ちになると打ち明けた。よって、甘美な施しを与え、もっと声を上げさせようとしているのではないか。自身が昂るために。

「くううう、あ――ああっ」

意図がわかりつつも、しなやかな指で陰嚢《いんのう》も揉まれては、声を抑えきれない。くすぐったい疼きが生じて、フェラチオの快感が押しあげられたのだ。

（うう、上手すぎる）

彼女は夫婦生活のときも、こんなふうに細やかな愛撫で夫を歓ばせているのだろうか。それとも、お気に召した男の喘ぎ声が聞きたくて、ねちっこいサービスをしているだけなのか。

全身が蕩けるような快感にまみれ、雅道はぼんやりと考えた。すると、翔子が勃起から口をはずし、顔をあげる。

（え――？）

雅道はドキッとした。人妻が目を潤ませ、これまでになくいやらしい面差しを見せていたからだ。

彼女は男に奉仕していただけで、自身は愛撫などされていない。なのに息をはずませ、すっかり感じ入った様子である。雅道の声で、淫らな気分を高められたのは本当らしい。

「もう、たまんないわ」

翔子が腰を浮かせ、膝を跨《また》いでくる。どちらも下を脱いでいるから、太腿の肉感がダイレクトに感じられた。

(ああ、柔らかい)

モチモチした弾力と、肌のなめらかさにもそそられる。

彼女は脚を開いた大胆な格好だ。けれど、エプロンを着けているから、秘められたところまでは見えない。それでも、
むわ――。

蒸れた牝臭《めすしゆう》がたち昇ってくる。女芯《によしん》は熱く火照って蜜をこぼし、一帯がしとどになっているに違いなかった。

3

「ずるいわ、浦田さん」

膝に馬乗りになった翔子が、突如雅道をなじる。

彼女は頬を紅潮させ、黒い瞳を泣きそうに潤ませていた。色っぽい面差しを間近にして、胸が息苦しいほどに高鳴る。

「ず、ずるいって？」

「わたしはいっぱい気持ちよくしてあげたのに、どうして浦田さんは何もしてくれないの？」

唾液で濡れたペニスを握り、人妻が物欲しげにしごく。すぐにでも挿《い》れてほしそうだ。

しかし、今は対面座位の体勢になっている。彼女が腰を浮かせて迎え入れない限り、結合は果たせない。

雅道にできるのは、エプロンの下の秘所に手を差しのべるぐらいだった。

「あふン」

翔子が喘ぎ、裸の下半身をわななかせる。甘酸っぱさを増した息が、顔にふわっとかかった。

（うわ、すごい）

熱を帯びた女芯はトロトロだ。指が肉の裂け目に入り込み、蜜の海で溺れそうである。

触れた感じからして、花びらは大ぶりのようである。その端っこをそっとなぞると、

「あ、あ、いやぁ」

軽いタッチでも、人妻は鋭敏な反応を示した。すぐ近くで夫が眠っているのもかまわず、すすり泣き交じりによがる。

（こんなに感じるなんて）

それだけ肉体が燃えあがっているのだ。

触れているところが見えないから、雅道は手探りの愛撫を続けるしかなかった。敏感な肉芽が隠れているであろうところを、指先で執拗《しつよう》にこする。

「そ、そこっ、はああっ」

嬌声《きようせい》とともに、太腿の筋肉が強ばる。狙いはどんぴしゃりだったようだ。

感じすぎて、翔子は脚を閉じようとしたらしい。だが、雅道を跨いでいるから不可能だ。あらわに開いたところをいじられ続け、切なさを隠さず息をはずませる。

「き、気持ちいいの……あああッ」

悦びで体温があがり、汗ばんだのではないか。熟れたボディが、甘ったるいかぐわしさを放つ。

（美人は汗をかいてもいい匂いなんだな）

雅道はうっとりした。細かなきらめきの見える首筋や、じっとり湿っているであろう腋の下をクンクンしたくなる。

そのとき、急速にこみ上げるものを感じて焦った。

（あ、まずい）

愛撫をされるあいだも、翔子は筒肉に巻きつけた指を動かしていた。そのため、イキそうになったのである。

「あ、あの、ちょっと――」

切羽詰まった状況を声と表情で訴えると、彼女はすぐに察してくれた。そそり立つモノの根元を強く握り、

「出そうなの？」

と、ストレートに訊ねる。

「うん……ごめん」

いい年をして堪え性がないことを恥じる。異性との親密なふれあいは久しぶりなのだ。

すると、翔子は《どうしようか》と迷う面差しを見せた。

「それだと、挿れたらすぐに出ちゃうわね……」

露骨な発言にどぎまぎする。やはり彼女は、最後までするつもりなのだ。しかし、昇りつめそうになっている雅道が、挿入するなり果てるのを危ぶんでいるのであろう。

強ばりきった屹立《きつりつ》から、手がはずされる。爆発する心配がなくなって、雅道は安堵した。

(だけど、これで終わりじゃないよな?)

そそり立つ分身は、もっと気持ちよくしてほしいとばかりに頭を振る。危うく昇りつめそうになったばかりだというのに、浅ましいことこの上ない。

「だったら、一度出してスッキリしたほうがいいわね」

翔子はひとりうなずくと、雅道のネクタイに手をかけた。

「ど、どうするんですか?」

戸惑う雅道に、「上も脱ぐのよ」と指示する。脱ぐというより脱がされるかたちで、上半身の衣類がすべて取り去られた。

(ああ、そんな)

ひとり全裸にさせられ、雅道は羞恥に身を縮めた。

「じゃあ、ここに寝て」

翔子に命じられ、裸身を床に横たえる。柔らかなカーペットが素肌に心地よくて、身悶えしたくなった。

とは言え、自分だけ素っ裸でいる恥ずかしさが、払拭《ふっしょく》されるものではない。そのくせ、股間のイチモツは少しもわきまえず、ギンギン状態であったが。

(ていうか、登倉が起きたらどうするんだよ)

奥さんの前でフルチンになり、ペニスを勃起させているのだ。完全なる間男スタイルである。ぶん殴られても文句は言えない。

ところが、こんな状況を招いた張本人たる翔子は、まったく心配する様子がない。彼女自身も下半身すっぽんぽんだというのに。

(てことは、本当に何があっても、朝まで起きないのか?)

酔い潰れた夫が目覚めないと、人妻は確信しているようだ。

いや、仮にそうだとしても、すぐそばで淫らな行為に及ぶ必要はない。他の部屋に移れば、もっと安心して愉しめるのに。

(まさか、このほうが刺激的だからっていうんじゃないだろうな?)

スリルを求めてなのかと訝《いぶか》ったところで、半裸でエプロンの人妻が、右側から添い寝してくれる。

「いっぱい気持ちよくしてあげるわね」

媚笑を浮かべ、下腹にへばりついた肉根に右手をのばす。しなやかな指が巻きついた。

「あああっ」

股間を起点にした快美の波が、全身に広がる。雅道は背中を浮かせて喘いだ。

「素敵な声を、もっと聞かせて」

翔子は耳を雅道の口許に寄せると、握った強ばりを緩やかにしごいた。肉体を疼《うず》かせられる声を聞きながら、愛撫するつもりらしい。

雅道の顔に、彼女の髪がはらりと垂れている。入浴前の、一日家事をしていた名残の汗と皮脂が、なまめかしく匂った。

（これが翔子さんの……）

人妻の飾らないフレグランスに昂り、鼻息が荒くなる。与えられる快感にも、四肢がピクピクと痙攣《けいれん》した。

「はう、ううう」

求められたからでもなく声を洩らすと、

「あん、ゾクゾクするぅ」

耳に吹きかかる男の息づかいと喘ぎ声に、翔子は感じ入っているふうだ。しごく手つきにそれが表れている。

おかげで、雅道は急角度で高まった。限界が迫る。

「ああ、いく。出ます」

息を荒ぶらせて告げると、翔子がなぜだか握り手を緩めた。

「だったら、ちゃんと言いなさい。気持ちいいって」

焦らすようにゆるゆると摩擦され、目の奥に快美の火花が散る。くすぐったさを強くした歓喜に、雅道は身をくねらせた。

「き、気持ちいいです」

「精液が出るんでしょ？　ちゃんとイクって言いなさい」

「い、いく。いきます」

「ほら、出しなさい」

「いく、いく、あああ出る」

高い位置で推移した性感曲線が、ようやく絶頂ラインを突破する。めくるめく瞬間が訪れ、雅道は「おお、おお」と野太い声を放った。

びゅるん――。

熱い体液がほとばしる。翔子の頭に隠れて見えなかったが、かなり飛んだのではないか。

そして、次々と放たれたものが、腹部や胸元に降りかかる。

「やん、こんなに」

彼女の悩ましげな声が、やけに遠くから聞こえた。

(……ああ、出しちまった)

荒ぶる息づかいの下、オルガスムスの甘美な余韻にひたりつつ、雅道は決まり悪さを覚えた。まるで、オナニーを覚えたての頃のように。後輩の奥さんの手で果てたことに、罪悪感があったためだろう。

漂う青くさい匂いにも物憂さが募る。雅道は手足をのばし、カーペットに身を沈めた。

「ぐったりしちゃって。精液もたくさん出たし、わたしにシコシコされて、そんなに気持ちよかったの?」

身を起こした翔子が、からかう目で覗き込んでくる。しかし、今は何も話したくなかった。

肌に飛び散り、のたくって淫らな模様を描くザーメンを、人妻が甲斐甲斐しく後始末してくれる。頬が赤らみ、目も淫蕩に潤んでいるのは、牡の絶頂を目の当たりにして昂奮したからか。

いや、きっと雅道の声で、情欲を煽られたのだ。

ウエットティッシュも使って、翔子はペニスも丁寧に清めた。過敏になった亀頭をこすられて、腰がビクンとわななく。

「あうう」

たまらず洩れた呻き声にも、彼女は陶酔の表情を見せた。黒い瞳が物欲しげに輝く。

(おれの声で、こんないやらしい顔をするなんて)

セックスをして、深く交わりながら雅道が声を出したら、どれほど乱れるというのか。

「可愛くなっちゃって」

萎えて縮こまった秘茎《ひけい》を手に、翔子が口許をほころばせる。そのくせ、不安の色も隠せないのは、再び勃起するか心配なのだろう。

柔らかな指が気持ちよくて、摘まれた分身がムズムズする。だが、彼女が言ったとおり、かなりの量が出たのだ。すぐに復活することはあるまい。

エレクトには、昂奮が不可欠である。加えて、雅道は是非とも、快感のお返しがしたかった。

その両者が叶えられる、一石二鳥の方法がある。

「奥さん、おれの上に乗ってください」

「え？」

「逆向きで、おしりをおれの顔のほうに──」

シックスナインの体勢を求めると、人妻が逡巡を示す。ここまで大胆に振る舞ってきたのに、秘苑《ひえん》を晒すのはさすがに恥ずかしいのか。

「いっしょに気持ちよくなれば昂奮して、また元気になりますから」

エレクトするために必要であると訴えることで、彼女も決心がついたようだ。

とは言え、照れ隠しだったのか、

「そんなこと言って。本当はわたしのアソコを見たいくせに」

と、目を細めて決めつける。

「い、いや、そんなことは──」

「いやらしいひとね」

色っぽく睨んでなじりつつも、翔子は言われたとおりに動いた。裸の下半身を年上の男に向けて、胸を膝立ちで跨ぐ。

（ああ……）

雅道は胸の内で感嘆した。

彼女は上半身着衣のままで、エプロンも着けている。それだけに、差し出された丸出しのヒップが、やけに生々しい。

肌の白さと、もっちりして重たげな質感が煽情的だ。家事をする人妻に卑猥な悪戯《いたずら》を仕掛けるような、背徳的な気分も高まる。

もちろん、谷の狭間で淫らに咲き誇る秘め花にも、大いにそそられた。

（これが翔子さんの――）

触れて密かに予想した通り花弁は肉厚で、逆ハート型にほころんでいる。ほんのりくすんだ陰部の肌に、濡れて張りついた縮《ちぢ》れ毛が、公にできない部分をいっそう卑猥に飾っていた。

女体の神秘と早く密着したくて、雅道は熟れ腰を両手で捕まえた。ところが、引き寄せようとすると、イヤイヤをするみたいに左右にくねる。

「ま、待って」

「え？」

「何をするつもりなの？」

「何って、奥さんのここを舐めるんですよ」

どうして当たり前のことを訊くのかと、怪訝《けげん》に思う。目に映るその部分は透明な蜜がまぶされ、ヒクヒクと切なげに息吹いているのだ。彼女だって舐められたいはずなのに。

「だ——ダメよ」

なぜだか拒まれてしまった。

「どうしてですか？」

「だって……汚れてるもの」

愛液で濡れているという意味ではなく、洗っていないからためらうのだ。現に、女芯からは発酵しすぎた趣《おもむき》の、甘酸っぱい牝臭がこぼれ落ちていた。男の前に晒して初めて、シャワーも浴びていないことを思い出したのだろう。

しかし、雅道だって、蒸れた匂いを放つペニスをしゃぶられたのである。それに、人妻の正直な匂いと味を堪能したかった。

待っていられないと、裸の下半身をぐいと引っ張る。

「キャッ」

悲鳴をあげた翔子がバランスを崩す。魅惑の丸みが、巨大な隕石のごとく落っこちてきた。

「むうう」

おしりを顔面で受け止め、雅道は反射的にもがいた。鼻面が臀裂《でんれつ》に入り込み、口許も陰部で塞がれて、息ができなくなったのだ。

けれど、濃厚な淫臭が鼻奥にまで流れ込み、陶然《とうぜん》となる。

(ああ、すごい)

離れていたときはヨーグルトに近かったが、密着した今はチーズの趣だ。いや、もっと動物的で、荒々しい感じもある。

美しい人妻の、有りのままのパフューム。嫌悪感など抱くはずがなく、むしろ大いに昂奮させられる。

(こんな綺麗なひとでも、洗ってない性器は匂うんだな)

当たり前のことにも感動する。尻肉の柔らかな重みもたまらない。雅道はもちもちした弾力を愉しみ、酸素代わりに恥臭《ちしゆう》を吸い込んだ。

「いやぁ、ば、バカぁ」

翔子が嘆き、腰を浮かせようともがく。しかし、艶腰をがっちりと抱え込まれていたために、無駄な努力で終わった。

「ダメっ、そ、そこ、くさいのぉ」

もちろん雅道は、くさいなんて負の感情は持ち合わせていない。滅多に巡り会えない、貴重な香りに鼻を鳴らし、いっそう鼻面をめり込ませる。

そして、匂いの次は味見だと、舌を差し出した。

「あひッ」

彼女が鋭い声を発したのは、恥割れに侵入物があったからだ。さらに、溜まった蜜をぢゅるるッとすすられ、成熟した下肢が痙攣する。

「だ、ダメ……あああ、よ、汚れてるのにぃ」

翔子の嘆きを無視して、雅道は遠慮なく舌を躍らせた。ほんのり甘じょっぱいラブジュースも好ましく、フンフンと鼻息をこぼしながら味わう。

(なんて美味しいんだ)

過去を振り返ってみれば、清めていない女陰《にょいん》に顔を埋めるのは、初めてではないだろうか。経験そのものはさして多くないが、いつもコトに至る前にシャワーを浴びた気がする。

つまり、女性の飾らない匂いや味の素晴らしさを、三十六歳にして初めて知ったのである。感激で、いっそう派手に舌を躍らせる。

もっとも、究極のプライバシーを暴かれた側の翔子には、辱めでしかなかったらしい。

「イヤイヤ、も、キライよぉ」

年上の男をなじり、すすり泣く。エプロン姿で尻を丸出しという、あられもない格好をしていても、けっこう繊細なのか。

(翔子さんだって、おれの汚れたチンポを、うれしそうにしゃぶってたのに)

しかも、男の蒸れた匂いが好きとまで言ったのだ。なのに、自分のものは嗅がせたくないなんて、虫がよすぎる。

こうなったら、悦びを与えて黙らせるしかない。雅道は敏感な肉芽を探し、吸いねぶった。

「あひぃいいッ！」

ひときわ甲高い嬌声《かんだか》がほとばしり、顔の上でヒップが暴れる。なおも一点集中で攻めまくると、人妻が乱れだした。

「ああ、ああッ、そこぉ」

お気に入りのポイントを執拗に刺激され、女体が歓喜に波打つ。尻の割れ目がせわしなく閉じて、牡の鼻面を挟み込んだ。

（すごく感じてるぞ）

やっぱりこうしてほしかったのだと確信し、蜜穴にも舌を侵入させる。小刻みに出し挿れすると、「おふぅぅ」とトーンの低い喘ぎ声になった。からだのより深いところで感じているふうだ。

溢れる蜜汁が、粘つきと湧出《ゆうしゅつ》量を増す。心なしか、甘みが強くなってきたようだ。

もっと気持ちよくしてあげるべく、熱を帯びた女芯を口撃していると、下半身に甘美な衝撃があった。

「むふっ」

太い鼻息を吹きこぼしたのは、股間の分身を強く吸われたからである。

4

射精後に萎えていたはずの分身が、いつの間にか復活していたことに、雅道は咥《くわ》えられて初めて気がついた。シックスナインの体勢で生々しい女臭を嗅ぎ、愛液の甘みも味わったから、昂奮してエレクトしたようだ。

（うう、気持ちいい）

筒肉に翔子の舌が巻きつき、ニュルニュルと動く。負けじと雅道も、恥割れの内側で舌を律動させた。

逆向きで身を重ね、互いの性器に口淫《こういん》愛撫を施す男と女。快感を共有して、ふたりの体温が上がってくる。

「むふっ――ううう」

ペニスを頬張った翔子が呻く。口許からこぼれた息が玉袋の毛をそよがせ、雅道はゾクゾクした。おかげで、女芯をねぶる舌づかいがねちっこくなる。

見れば、顔に乗ったもっちりヒップの谷底で、アヌスがヒクヒクと収縮していた。

（翔子さんのおしりの穴だ）

排泄口《はいせつこう》とは思えない愛らしい眺めに、胸が高鳴る。性器以上に禁断の領域である気がした。

それでいて、無性に悪戯をしたくなる。

蜜穴をほじっていた舌を、可憐なすぼまりへと移動させる。蠢《うごめ》くそこをひと舐めするなり、三十三歳の人妻尻がビクンとわなないた。

「ンふっ」

荒い鼻息が陰嚢に吹きかかる。何をされたのかわかったはずなのに逃げないのは、舌がたまたま当たっただけだと思っているのか。

それをいいことに、放射状のシワをチロチロとくすぐる。

「ぷは――」

翔子が肉棒を吐き出した。

「ちょ、ちょっと、そこは」

くねる双丘《そうきゅう》を、雅道はがっちりと固定した。舌先をツボミに突き立てるようにして舐めると、尻の谷がキュッと閉じる。

「ば、バカぁ。そこ、おしりの穴なのにぃ」

そんなことは、言われなくてもわかっている。仮に童貞であったとしても、膣《ちつ》と肛門の区別ぐらいつく。

非難を無視してアナルねぶりを続けると、翔子の反応に変化が現れた。

「あ、イヤ――あふ、ううう」

洩れる声が悩ましげである。くすぐったそうでありながら、そこには歓喜の色も含まれているのがわかった。

（おしりの穴を舐められて、感じてるのか？）

雅道とて、アヌスを舐めるのは初めてだった。見た目の可愛らしさに惹かれて、ちょっかいを出しただけなのである。それによって快感を与えようとは思いもしなかった。

なのに、色めいた反応を見せられて、俄然《がぜん》やる気になる。舌先で執拗に小花をほじり、侵入を試みた。

「イヤイヤ、やめてぇ」

翔子は嫌がりながらも逃げようとしない。ヒクつくアヌスも気持ちよさげで、もっとしてとせがんでいるふう。

そのとき、雅道は気がついた。女芯に触れる顎《あご》が、温かな蜜でじっとりと濡れていることに。

（ああ、こんなに）

アナル舐めの快感で、多量の愛液が溢れたのだ。女体が喜悦にひたっている証拠である。

とは言え、秘肛への刺激だけで昇りつめることはあるまい。喘ぎ声もかなり切なげだし、もっと感じるところを攻めてほしがっている様子だ。

焦らしては可哀想だと、雅道は敏感な肉芽に吸いついた。

「あひぃいいっ！」

甲高い嬌声がほとばしる。音大出身でピアノを教えているという人妻は、声楽も学んだのであろうか、それはリビングに凜と響き渡った。

（あ、まずい）

雅道は焦った。さすがにここまで大きな声を出したら、そばで眠っている夫が起きてしまうのではないか。

しかしながら、様子を確認するのは無理だ。顔にたわわな艶尻《つやじり》が乗っかっているため、視界はほぼ肌色で占められている。顔を横に向けても、内腿が邪魔して何も見えない。

（ええい。どうにでもなれ）

こうなったら、彼女をさっさと絶頂させるしかない。雅道は敏感な肉芽を包皮《ほうひ》の下からほじり出し、舌先でピチピチとはじいた。

「あ、あ、あ、そこぉ」

お気に入りポイントを攻められて、翔子がすすり泣き交じりによがる。裸の下半身が、電撃を浴びたみたいにガクガクとはずんだ。

トロリ――。

粘っこいラブジュースが滴《したた》り落ちる。白く濁ったそれは甘みが強い。雅道は嬉々としてすすり、喉を潤した。

「ああ、あ、あふぅ」

彼女はもはや、フェラチオをする余裕がないらしい。牡の屹立に両手でしがみつき、ふっくらヒップをプルプルさせる。

さっき舐められたアヌスは唾液に濡れ、赤みを著しくしていた。クリトリスへの刺激と同調してすぼまり、愛らしくもエロチックな眺めだ。

(また舐めたい――)

思ったものの、遊んでいる余裕はない。今は頂上へ導くのが先決だと、硬くなった肉芽をついばむように吸う。

「イヤッ、イヤッ、あああ、い、イッちゃう」

アクメを予告して、翔子が総身を震わせる。歓喜の波が手足の隅々まで行き渡ったと見え、半裸エプロンの艶ボディがぎゅんと強ばった。

「い――イクイク、イッくぅううううっ!」

オルガスムスの高らかな叫びのあと、人妻はがっくりと脱力した。雅道の上から崩れ落ち、カーペットに横たわる。

（あ、そうだ）

思い出して、雅道は頭をもたげた。酔い潰れていたはずの後輩を確認する。

幸いにも、彼は相変わらずの高鼾であった。本当に、酔って眠ったら起きないのか。同じ部屋で、妻が他の男と愛撫を交わし、昇りつめたというのに。

ともあれ、これで雅道と翔子は、一度ずつ絶頂したわけである。いくらバレる心配はなくても、ここらが潮どきのような気がしてきた。

もっとも、翔子のほうは、そんなつもりはさらさらなかったらしい。

「ふう……」

深く息をつき、彼女が身を起こす。絶頂の余韻が続いているのか、目が焦点を失い、トロンとなっていた。

「イッちゃった……」

つぶやいて、エプロンをはずす。上半身の衣類も、ゆっくりした動作で脱いでしまった。

（ああ、素敵だ……）

神々しいまでに鮮烈な、人妻のオールヌード。普段からプロポーションの維持に努めているのか、双房は乳頭がツンと上向き、ウエストもしっかりとくびれている。

色白の柔肌からは、成熟した色香が匂い立つよう。雅道は見とれつつ、浅ましく喉を鳴らした。

「ね、しよ」

翔子に言われ、雅道は狼狽した。均整のとれたボディに見とれていたものだから、誘いの言葉がやけに生々しく聞こえたのだ。

もちろん、何をするのかなんて、確認するまでもない。

「いや、でも……」

ふたりとも素っ裸なのである。ここでやめるなんて野暮《やぼ》というものだ。にもかかわらず、雅道が躊躇したのは、やはり彼女の夫が気になるからである。

(翔子さんは、旦那のそばで他の男とセックスをしても平気なのか?)

あるいは、スリルを求めて行為に及ぼうとしているのか。雅道の声で昂奮させられたと彼女は言ったが、それも口実ではないかと思えてくる。

「ほら、早く」

翔子に急かされ、手を引っ張られる。雅道が起き上がると、彼女がカーペットに仰向けで横たわった。

両膝を立てて開き、秘められたところを晒す人妻。ねぶられて絶頂したあとの女芯は、薄白い愛液が恥割れに溜まり、今にも滴りそうだ。

淫らな光景に煽られて、ためらいが小さくなる。

「来て」

両手を差し延べられ、雅道は人妻に身を重ねた。

（ああ……）

スベスベした肌と触れあい、女体の柔らかさも感じることで、昂りがふくれあがる。もはや交わらないことには、雅道も収まりがつかなくなった。

それを察したみたいに、ふたりのあいだにしなやかな手が入り込む。

「むぅ」

猛る牡根《おすね》を握られて、快美の鼻息がこぼれる。すると、翔子が嬉しそうに目を細めた。

「おチンポがカチカチよ。浦田さんも、わたしとシたいんでしょ？」

含み笑いの問いかけに、取り繕うなんてできなかった。

「う、うん」

「だったら、ちゃんと言いなさい。おチンポをオマンコに挿れたいですって」

ピアノ教師でもある上品な奥様が口にした、禁断の四文字。その破壊力はかなりのものであった。

（翔子さんが、そんないやらしいことを言うなんて！）

軽い目眩《めまい》を覚え、現実感を見失いそうになる。

「わたしの耳元で言うのよ」

その指示で、彼女の意図を察する。お気に入りの声で、淫らな台詞が聞きたいのだ。

雅道は小さな耳に口を寄せると、思いの丈を込めて告げた。

「おれのチンポを、奥さんのオマンコに挿れたいです」

途端に、翔子が「ああーん」と艶めいた声を洩らした。それこそ、ペニスを挿入されたかのごとくに。

にもかかわらず、「それじゃダメ」とクレームをつけられる。

「え、どうして？」

「奥さんなんてイヤ。名前を呼んでちょうだい」

今だけは人妻であることを忘れ、ひとりの女として抱かれたいというのか。正直さに心打たれて、雅道は言い直した。

「おれのチンポを、翔子さんのオマンコに挿れてあげるよ」

能動的な発言に変えることで、彼女はますます感じ入った様子だ。

「い、いいわ。挿れて」

息をはずませ、手にした強ばりを中心に導く。切っ先が濡れた裂け目にこすりつけられ、そこはさっきまで以上に熱を帯びているようだ。

(おれの声で、たまらなくなったんだな)

声だけでこんなに感じるのなら、からだの相性もいいのではないか。そんな期待もこみ上げて、分身が雄々しく脈打った。

「ここよ」

気ぜわしい口調で、人妻が挿入を促す。一刻も早くひとつになりたいと訴えるかのごとく、裸身をくねらせて。

もちろん、雅道に異存はない。彼女の夫がすぐそばで眠っていることも、もはやどうでもよくなっていた。

「挿れるよ」

耳に囁くと、翔子が「あふン」と切なげに喘ぐ。雅道の声に、もはやメロメロの様子だ。

「ちょうだい、ちょうだい」

と、はしたなく求める。

（いやらしいひとだ）

握られた牡棒に漲りを送り込み、腰を沈ませる。膣口《ちつこう》を捉えていた亀頭が、濡れ窟にぬぷりと侵入した。

「はうう」

翔子が首を反らせてのけ反る。さらにずむずむと女体に入り込めば、「あ、あっ」と焦った声が聞こえた。

「あん、おっきい」

泣くように言い、身をブルッと震わせる。そのときには、ペニス全体に温かなヒダがまといついていた。

（ああ、入った）

ひとつになれた感動が、胸に湧きあがる。それをふたりで共有するべく、

「翔子さんのオマンコ、温かくてすごく締まってて、とても気持ちがいい」

わざと卑猥な単語を用いて褒めると、彼女は「いやぁ」と嘆いた。

「う、浦田さんのおチンポも、硬くって素敵よ」

そう言って、掲げた両脚を牡腰に絡みつける。まるで、離すまいとするかのごとくに。

「動いて。ズンズン突いてぇ」

淫らなおねだりに応え、雅道は硬肉を抜き挿しした。

「あ、あ、ああっ」

艶めいた喘ぎ声が大きくなる。ペニスの摩擦が熱を呼び込んだのか、内部がトロトロに蕩けだした。

「ね、ね、もっといやらしいことを言って」

翔子は性器の交わりだけでなく、聴覚でも性感を高めたいようだ。

「翔子さんのオマンコ、すごく熱いよ。中がいっぱい濡れて、クチュクチュいってる」

雅道が耳の穴に息を吹き込みながら囁くと、成熟したボディがカーペットの上でくねった。

「ああん、ゾクゾクするぅ」

息づかいもハッハッとせわしない。悦びで柔肌がしっとりと汗ばみ、濃密な甘ったるさを放ちだした。

夫とのセックスでは、翔子はここまで乱れまい。抽送《ちゅうそう》でそれなりに快感は得られても、声で感じさせられることはないのだ。

だからこそ、夫がいるのもかまわずに、よがりまくっているのである。普段の上品な振る舞いなど忘れて。

雅道のほうも、人妻との享楽に耽《ふけ》り、桃源郷を味わっていた。乱れる姿を目の当たりにして、男としての自信を高めながら。

ピストン運動でも悶えさせるべく、肉根を深々と突き入れる。蜜穴の締めつけを堪能しながら、腰づかいを激しくした。

ところが、それによって翔子が高まる気配がなかったのである。

「ねえ、何か言って」

チンポよりも声がいいとばかりに、囁きを求める。雅道が「気持ちいいよ」と言えば、「いいわ、もっと」と嬉しがった。

5

「こんなに気持ちのいいセックスは初めてだよ」

「くうう、わ、わたしもぉ」

翔子は悦びを高めている様子ながら、それは女芯をかき回す肉棒によってもたらされたものではない。耳に挿入される声によってなのだ。

(ええい、くそ)

そばで彼女の夫が眠っているのもかまわず、真上から腰を叩きつけるように責め苛《さいな》む。それには「あんあん」と通りいっぺんに喘ぐのみだ。

「最高だよ。オマンコをもっと締めて」

雅道が耳に声を流し込むと、

「イヤイヤ、あ、感じるぅ」

翔子はあられもなくよがり、要請されたとおりに蜜穴をキュウキュウとすぼめるのである。

(どうなってるんだよ)

これでは、ペニスはおまけみたいなものではないか。

いや、さすがにそれは言い過ぎだとしても、声が主《しゅ》で抽送が従《じゅう》なのは、紛れもない事実だ。雅道の声で感じる、背中がゾクゾクすると彼女は言ったけれど、まさかここまでだなんて。

（あ、待てよ）

雅道は閃《ひらめ》いた。この場をもっと刺激的にする方法を。

「体位を変えよう」

告げると、翔子がガクガクとうなずく。もっと気持ちよくなりたいと、全身で訴えるかのごとくに。

女体から引き抜いたペニスは、白い濁りをべっとりと付着させていた。生々しい痕跡に劣情を沸き立たせつつ、人妻の手を引いて起き上がらせる。

「四つん這いになって」

この指示に、翔子は納得し難いという顔を見せた。

「え、どうして？」

「バックで挿れてあげるよ」

「それだと、浦田さんの声がよく聞こえないわ」

彼女は、雅道に耳元で囁いてほしいのだ。

「だいじょうぶだよ。ちゃんといいようにするから」

なだめると、渋々というふうに背中を向ける。カーペットの床に膝と肘をついて、ヒップを高く掲げた。

「これでいいの？」

振り返った翔子に無言でうなずき、雅道は熟れた丸みを両手で支えた。予告もせず、中心の蜜穴をいきなり貫く。

「はううう──」

嬌声がほとばしり、白い背中が反り返る。女膣《にょちつ》に入り込んだ秘茎が、心地よい締めつけを浴びた。

雅道は緩やかに剛直を抜き挿《さ》ししながら、四つん這いの彼女を夫のほうへ向かわせた。

「ほら、旦那さんのも気持ちよくしてあげなくちゃ」

「え？」

「チンポをさわるんだよ」

何をさせようとしているのか、翔子も察したようである。

他の男にバックスタイルで貫かれたまま、眠っている夫の股間にそろそろと手をのばす人妻。毛布の上からシンボルを捉え、揉むように愛撫した。

「むう」

登倉が呻く。だが、起きる気配はない。ここまでぐっすりならば、もはや天変地異でも起こらない限り、目を覚ますまい。

「ねえ、あんまりいやらしいことをさせないで」

翔子が涙声で非難する。さっきは自ら夫のそこに触れたのに、今は明らかに躊躇していた。命じられる立場になると勝手が違うのか。

雅道は前屈みになり、彼女の背中にからだをぴったりと重ねた。

「ほら、もっと気持ちよくしてあげないと」

耳に囁くと、裸身がピクンと震える。「あん」と、切なげな喘ぎがこぼれた。

雅道の声でその気になり、彼女は毛布を大きくめくった。夫の下半身をあらわにし、スラックスのファスナーを下ろす。中に手を入れて、牡のシンボルを摑み出した。

そこは愛撫されたせいか、あるいは睡眠時の生理現象なのか、すでに勃起していた。巻きついた白魚の指とのコントラストで、肉色がいっそう禍々《まがまが》しい。

（うう、いやらしい）

目の前で、他人のペニスが握られているところを見るのなんて初めてだ。アダルトビデオの撮影現場で、監督か男優にでもなった気分を味わう。

「旦那さんのペニスはどう？」

「……硬いです」

頭部を赤黒く腫らした肉根をしごきながら、翔子が答える。

「おれのとどっちが硬い？」

蜜穴の中で分身を雄々しく脈打たせると、人妻が「ああン」と艶めいた声を上げた。

「う、浦田さんのオチンポのほうが、ずっと硬いですぅ」

期待どおりの返答に満足し、次の指示を出す。

「いつものようにしゃぶってごらん」

雅道の声には抗《あらが》えないのか、翔子がうなずく。ためらいつつも頭を下げ、手にした強ばりを口に含んだ。陰になって見えなくても、チュパッと舌鼓が聞こえたからわかったのだ。

「むふっ」

寝息を立てながら、登倉が太い鼻息をこぼす。淫らな夢でも見ているのだろうか。表情がだらしなく緩んできた。

フェラチオをする人妻を後ろから眺め、雅道はペニスをゆるゆると出し挿れした。

（うう、気持ちよすぎる）

後輩の目の前で妻を寝取るという背徳的なシチュエーションに、快感がぐんぐん高まる。目の前とは言っても、眠っているから閉じているのだが。

ともあれ、罪悪感は消え去り、もっと快感がほしくなる。雅道はからだを起こすと、腰を勢いよく前後に振った。

「ん、んッ、ンふっ」

フェラチオをしながら、翔子が息をはずませる。杭打たれる熟れ尻が、もっとしてとねだるみたいにくねった。

さっきは雅道の声を聞かないと感じなかったのに、今は反応が鋭くなっている。淫靡《いんび》な状況に煽られて、彼女もたまらなくなっている様子だ。

（もっと感じさせてやるぞ）

雅道は発奮し、気ぜわしくピストンを繰り出した。

「んっ、んッ、んうう」

夫のペニスをしゃぶりながら、他の男に四つん這いで貫かれる人妻。ひとりは眠っているから、変則的な三人プレイだ。いっそう淫らと言えよう。

そのため、雅道の腰づかいも荒々しくなる。臀部《でんぶ》に下腹がぶつかり、パンパンと小気味よい音がたった。

(気持ちいい……最高だ)

こんなにも心躍るセックスは初めてだ。

交わるところに視線を落とせば、逆ハート型のヒップの切れ込みに、肉棒が見え隠れする。濡れて生々しさを際立たせたそこには、白い粘液がべっとりとまといついていた。蒸れた酸っぱい匂いもたち昇ってきて、五感のすべてが享楽に彩られるよう。

「ぷは──」

翔子が牡の漲りを吐き出す。ハッハッと息を荒くし、白い背中を震わせた。

「イヤイヤ、か、感じすぎるぅ」

さっきは雅道の声であられもなくよがったが、今は行為そのものに耽溺《たんでき》しているふう。膣の入り口もすぼまって、もっと激しくしてとおねだりをする。

(うう、まずい)

早くも頂上に向かう予感があり、雅道は狼狽した。彼女の手でほとばしらせてから、さほど時間が経っていないというのに。特異な状況に、それだけ昂奮している証であろう。

「翔子さん、もうイキそうだ」

仕方なく窮状を伝えると、人妻が頭を振って髪を乱す。

「だ、ダメぇ。もうちょっと」

などと言いながら、蜜穴をキツく締めるのである。ますます危うくなる。

「わたしがイクまで我慢して。な、中に出してもいいから」

そこまで言われたら、男として頑張らねばならない。

雅道は歯を食い縛って上昇を堪えた。抽送も疎《おろそ》かにできず、一定のリズムをキープして、女芯を穿《うが》ち続ける。

ぬちゅ……グチャ——。

蜜汁が泡立ち、卑猥な音をこぼす。内部はトロトロになっており、しかも熱い。かなり高まっていると思われた。

(もう少しだぞ)

鼻息を荒ぶらせて励み、いよいよ限界が迫ったところで、

「あ、あ、イク」

翔子がのけ反り、裸身をガクガクと波打たせた。

（よし、間に合った）

安心したため、高波が一気に襲ってくる。

「むううう」

雅道は気ぜわしく陽根《ようこん》を出し挿れし、めくるめく歓喜に意識を飛ばした。

ドクッ、ドクン──。

脈打つ分身がザーメンをたっぷりと吐き出す。総身の震える快さに、「おお、おお」と自然に声が出た。

「ふう……」

気怠《けだる》い余韻の中、大きく息をついた雅道は、いつの間にか翔子がこちらを振返っていたことに気がついた。しかも、恨みがましげな目つきで。

「もうちょっとだったのに」

不満をあらわにされ、大いに焦る。どうやら達するタイミングが、少々早かったらしい。

「ご、ごめん」

ピストンを再開しようとしたものの、秘茎はすでに軟《やわ》らかくなっていた。さっきまでの力強さが嘘のように。

翔子がもどかしげにヒップを揺すると、萎えたペニスが蜜穴からはずれる。

「あん」

彼女は小さな声を洩らし、そばのボックスからティッシュを抜き取って股間に挟んだ。

「頼りにならないのね」

蔑《さげす》む眼差しを向けられ、雅道は股間の分身以上に身を縮めた。二度も射精したから、さすがに復活は無理だろう。

それは翔子もわかっていたらしい。さっさと見切りをつけ、もう一本の肉棒にターゲットを絞る。すなわち、眠っている夫のモノに。

スラックスの前開きから突き出したイチモツを、しなやかな手指が握り込む。漲り具合を確かめるようにしごいてから、彼女は再びむしゃぶりついた。

「むぅ……むふ」

鼻息を吹きこぼしながら頭を上下させる、熱心な吸茎《きゅうけい》奉仕。真後ろに突き出された熟れ尻が、物欲しげにくねる。チュウ、ちゅぱッと、派手に吸いねぶる音も聞こえた。

「ううう」

眠っている登倉の顔が歪む。さすがに目を覚ましそうだ。

（あ、まずい）

雅道は脱ぎ捨てた服を急いで集めた。彼が起きる前に退散しようと思ったのである。

身繕いを済ませ、これで失礼しますと声をかけようとしたところで、固まってしまう。翔子が夫の腰を跨ぎ、そそり立つ肉槍《にくやり》の真上に腰を落としたのだ。

（え、まさか）

驚愕に目を見開く雅道の前で、人妻は逞《たくま》しい剛棒を深々と受け入れた。

「はぅうううーッ」

長く尾を引くよがり声を放ち、裸体を姿勢よくピンとのばす。柔肌が歓喜のさざ波を立てるのがわかった。

「ああン、か、感じるぅ」

翔子が慌ただしく腰を振り出す。前後から回転へと変化し、さらにはしゃがむ姿勢になって、たわわな丸みを上下に激しく振り立てた。

（……マジかよ）

雅道は圧倒された。他人のセックスをライブで見せられるのも初めてだ。これぞまさしくナマ配信などと、くだらないことを考えている場合ではない。

そして、ついに恐れていた事態となる。登倉が目を覚ましたのだ。

「──え？」

何しろ素っ裸の妻が跨がっているのである。何が起こっているのか、すぐには理解できなかったらしい。

「お、おい、何やって──」

咎《とが》められた翔子が、不満をあらわに雅道を振り返る。

「だって、あのひとが悪いんだもの」

「え、先輩？　わわわっ！」

雅道の存在に気がついて、後輩がパニックに陥る。このままでは修羅場確定だ。

「わ、悪い。どうも奥さんに飲ませすぎたみたいで」

咄嗟《とっさ》に弁明し、酔った上での狼藉《ろうぜき》だと思わせる。あとのことは翔子に任せるしかない。

「じゃあ、おれは帰るから」

雅道は鞄を摑み、急いでリビングを飛び出した。

「あんあん、もっとぉ」

玄関へと早足で向かう彼の背後から、人妻のなまめかしいおねだりが聞こえた。

第二章　ムラムラしちゃうの

1

サラリーマンにとって毎朝の通勤電車は、無抵抗で受けるボディブローのようなものだ。

ぎゅう詰めの車内で揉まれることで、多大なストレスが溜まる。そのせいで、仕事にも少なからず影響が出てしまう。

それを最小限に抑えるため、誰もが苦難をやり過ごす工夫をしている。

ある者は音楽で、またある者は読み物で気を紛らわせる。無我の境地を会得し、川の流れに漂うごとく、ひと波に身を委ねる者もいる。

また、ごく少数ながら、不埒《ふらち》な行為に愉しみを見出す者がいる。痴漢と呼ばれる連中だ。

女性の敵であるやつらを、雅道は毛嫌いしていた。

卑劣な輩《やから》であるのはもちろんのこと、彼らは犯行を咎《とが》められたときに無益な逃走を図る。それによって騒動やら電車の遅延やらを引き起こし、周囲に尋常ならざる迷惑をかけるのだ。雅道も痴漢騒ぎに巻き込まれて、会社に遅刻したことがあった。

さらにもうひとつ、痴漢が無関係の人間にもたらす被害がある。冤罪《えんざい》だ。ひとたび痴漢と疑われた場合、無罪だと認められる確率は、かなり低いと聞いたことがある。

中には、善良な男を罠にかける、悪意を持った女性もいるらしい。しかし、痴漢そのものが存在しなければ、冤罪だって生まれない。彼らを嫌う最も大きな理由は、まさしくそこにあった。

雅道は、痴漢に間違われることを極度に恐れた。昔からそうだったわけではない。痴漢冤罪をテーマにした映画を観て以来、自分もそうなったらどうしようと、神経を使うようになったのである。

通勤に使うデイパックをからだの前側で担ぎ、両手は必ず頭上に。吊り革吊り棒があれば摑まるし、なければ両手を組んで頭に載せる。これで痴漢冤罪対策はバッチリだ。

その日も雅道は、朝から満員電車のひと波と闘っていた。

いつもだいたい最後尾に乗るのだが、今日は一番後ろの、乗務員室側の壁を背に立つことができた。寄りかかれるから、突っ立っているよりも楽である。

途中の大きな駅で、乗客が半分ほど入れ替わる。そうして目の前に来たのが女性だったものだから、雅道は身構えた。痴漢に間違われないよう、気をつけなければと思ったのだ。

ところが、大きめのマスクをつけた彼女を真正面から見て、（あれ？）と思う。髪型と目に見覚えがある気がしたからだ。

向こうもこちらを見て、小さく会釈をする。それでわかった。同じ課の同僚である、木下真梨香《きのしたまりか》だと。

彼女はひと月前、中途採用で我が社にやって来た。何もない時期に採用されるのは珍しく、役員の誰かの愛人じゃないかなんて噂もあった。

実際、どこかミステリアスな雰囲気のある美女だったのである。

同じ課でも、雅道は真梨香と話したことはほとんどない。彼女は二十七歳で九つも年下だし、デスクも離れていて接点がなかったからだ。通勤電車が同じなのも、初めて知ったのである。

マスクで顔の下半分が隠れているため、いつにも増して妖艶《ようえん》な印象が強い。年下なのに、気後れを覚えるほどに。

ともあれ、同僚なら痴漢と間違えられる心配はない。雅道は気分が楽になった。

異変に気がついたのは、電車が動き出して間もなくだった。

慣性の法則でひと波が後方に流れ、正面にいた真梨香が押されてくる。乗務員室の壁を背にした雅道は、彼女を受け止めるかたちになった。

とは言え、からだの前にはデイパックがある。完全に密着したわけではない。

「だいじょうぶ?」

小声で訊ねると、彼女が小さくうなずく。身長差をあまり感じないのは、ヒールの高い靴を履いているからであろう。

真梨香がマスクをしてなかったら、吐息をまともに嗅ぐことになったのではないか。などとマニアックなことを考えたとき、下半身に奇妙な感覚があった。

(え——?)

股間をすっと撫でるものがある。満員電車ゆえ、誰とも接触せずにいるのは不可能だが、腰から下は意図的でもない限り、何かが触れるなどあり得ない。

ということは、痴漢なのか。

誰が好き好んで、男をおさわりするというのか。まあ、同性が好みだという男もいるし、痴女の可能性もある。

（いや、それはないか）

雅道の両側にいるのは、右側が眼鏡をかけた若いサラリーマンで、左側が五十代と思しきご婦人である。どちらも性犯罪などしそうにないタイプだ。

（じゃあ、木下さんが？）

すぐ前にいる同僚女子なのか。しかし、それはもっとあり得ない。親しくもないのに、電車内でボディタッチなどするものか。

だいたい、知り合いに妙なことをしたら、あとあと気まずいことになる。もちろん、知らない相手ならいいというものでもないが。

痴漢冤罪を恐れる雅道は、いつものごとく、組んだ両手を頭に載せている。そのため、股間をガードすることも、何が触れているのかを確かめることもできなかった。

気のせいかもしれないと思っても、感触は次第にはっきりしてくる。最初はスッ、スッと撫でるだけだったのに、とうとうズボンの上からペニスを握り込んだのだ。

「ううう」

こぼれる呻《うめ》きをどうにか抑える。そのとき、真梨香が上目づかいでこちらを見た。声を聞かれたのかと焦ったものの、彼女が何かを企むみたいに目を細めたのである。

（やっぱり木下さんが！）

確信したのと同時に、握り込んだ手が牡器官《おす》を揉み出す。

「むふ――」

快《こころよ》さが広がり、鼻息がこぼれる。海綿体に血液が流れ込むのを自覚して、雅道は焦った。

（いや、まずいよ）

通勤の満員電車で、同僚女子に股間を愛撫されて勃起するなんて、場をわきまえないにもほどがある。寝落ちした後輩の隣で、彼の奥さんを抱いたのはつい先週のことだが、それ以上に許されない行為だ。

まあ、この場合、わきまえていないのは真梨香のほうなのだが。

とは言え、反応したら自分も同罪だ。公然わいせつ行為だし、バレたら社会的生命を失うことになる。

そうとわかりつつも、募る悦びに抗《あらが》えない。分身は程なく、最大限に膨張した。

「ふふ」

満足げな笑い声が聞こえた気がした。いや、真梨香が笑ったのだ。望んだとおりに雅道がエレクトしたために。

いったい何を企んでいるのか。雅道は快感の中で身震いした。

（どういうつもりなんだ、木下さん？）

会社ではほとんど交流がなかったし、特に好かれていたとは思えない。そもそも彼女は、一ヵ月前に中途採用されたばかりだ。

では、前々からこういう痴女っぽい趣味があり、知っている男と居合わせたのをこれ幸いと、手を出したというのか。見ず知らずの相手だと騒がれる恐れがあるが、同僚なら受け入れてくれると踏んで。

（ていうか、おれなら抵抗しないと思ったのかも）

流されやすいのは確かである。後輩の奥さんに迫られて、関係を結んだぐらいなのだから。そういう押しの弱さを、真梨香は見抜いたのかもしれない。

事実、彼女は大胆に振る舞う。雅道のズボンの前を開き、手を入れてペニスを摑み出した。

「むふふぅ」

太い鼻息がこぼれる。敏感な器官に柔らかな指が巻きつき、目のくらむ快美が生じたのだ。背中を壁につけているから堪えられたが、そうでなければ膝が震えて、立っていられなかったはず。

デイパックの陰になっているため、下を向いてもその部分は確認できない。真梨香もこちらの顔を見つめているから、手探りで行なっているのだ。これなら他人の目にも触れないだろう。

それでも恥ずかしいし、居たたまれない。大勢の人間がいる場所で、公にできない部分を露出しているのだから。見つかったら、わいせつ物チン列罪で間違いなく逮捕される。

外気に触れた男根《だんこん》がしごかれる。愉悦がふくれあがり、雅道は総身をわななかせた。

（うう、気持ちよすぎる）

まずい状況だとわかりつつも、どうしてこんなにも感じてしまうのだろう。衆人の中だからこそ背徳感が高まり、昂《たかぶ》りを覚えているとでもいうのか。

真梨香は筋張った肉胴を摩擦しながら、もう一方の手をズボンの中に入れ、陰《いん》嚢《のう》も揉み撫でた。

「あ――くぅ、ううう」

腰の裏が甘く痺《しび》れる。洩れる声を抑えきれなくなってきた。満員電車内でここまで巧みな施しができるなんて。明らかに初めてではない。

（木下さん、本当に痴女なのか）

ミステリアスな美女ゆえに、役員の愛人ではないかと噂されていた。しかし、事実は噂以上に信じ難いものであった。

そのとき、彼女が顔を寄せてくる。

「手を貸して」

マスクをしているため、くぐもった声であったが、どうにか聞き取れた。

（え、どういうこと？）

真梨香の言葉を、雅道は慣用的な、手伝ってくれという意味に捉えたのである。ところがそうではなく、言ったとおりの意味だったらしい。

「わたしにだけさせるなんて、ずるいじゃない」

咎める台詞で理解する。彼女は雅道に愛撫のお返しを求めているのだ。

（そうか。これは罠だ）

雅道はピンときた。真梨香はこちらに手を出させて、痴漢行為で警察に突き出すつもりなのだ。要は社会的生命を奪うつもりなのである。

彼女の恨みを買った覚えはない。そうすると、誰彼かまわず男たちを痴漢に仕立て上げ、面白がっているのか。あるいは、あとで訴えを取り下げるからと、金品を要求される可能性もある。

そんな手にのるものかと、雅道は無視を決め込んだ。

「まったく……」

つぶやいた真梨香が、陰嚢を揉んでいた手をズボンから抜く。満員電車の中で苦労しながら、今度は雅道の手首を摑んだのである。

痴漢冤罪対策で頭に載せていた手を、まさか痴女に捉えられるとは。実力行使に出られたのは予想外ながら、そうはさせじと懸命に抵抗する。

しかし、電車内での小競り合いは、衆目《しゅうもく》を集めてしまう。それこそ痴漢を疑われるかもしれず、強く出られない。雅道は従うことを余儀なくされた。

「言うとおりにしなさい」

命令口調の同僚女子に、悔しさを噛み締める。九つも年下のくせに、どうしてそこまで居丈高《いたけだか》になれるのだろう。いくら美人でもタチが悪すぎる。

雅道の手は、真梨香の下半身へと導かれた。ひと混みゆえ、何を穿いているのか見えないが、どうやらミニスカートらしい。なめらかな太腿に触れたことで、わかったのである。

（いや、まずいって）

そんなところをさわったら、もはや痴漢の現行犯だ。会社をクビになり、世間から後ろ指を指されることになる。人生が終わったも同然だ。

もっとも、彼女は雅道を痴漢に仕立て上げるために、こんなことをしているわけではなさそうだった。

「いっしょにさわって、気持ちよくなりましょ」

太腿へのタッチだけで感じたみたいに、うっとりした眼差しを見せる。雅道の声が好みだと、関係を迫ってきた翔子と同じ目をしていた。

（じゃあ、木下さんも欲情してるっていうのか？）

確かめずにいられなくて、手を女体の中心へと這わせる。大切なところを守るには頼りない薄布越しに、秘密の三角地帯をまさぐれば、そこはじっとりと湿っていた。

おまけに、蒸れたみたいに熱い。

(うわ、すごい)

触れる前から、秘苑《ひえん》はラブジュースを溢れさせていたのである。では、満員電車のひと混みに昂奮したというのか。

欲情の証を示されて、雅道は迷いがなくなった。真梨香は快感が欲しいのだ。ならばお望みどおりにと、陰部の縦ミゾをクロッチの上からこする。

「あふ、ン――ふぅ」

マスクで口許が隠れていても、すぐ前にいる雅道には、彼女の喘ぎ声が聞こえた。淫らなそれに煽られて、指の動きがいやらしくなる。

愛液は二重の布をものともせず、外側にまで粘り気を滲ませる。女体がときおり、ビクッとわななくのもわかった。

「ねえ、直にさわって」

脈打つペニスを気ぜわしくしごきながら、真梨香がおねだりをする。息づかいを荒くし、身を切なげに震わせて。

ならばと、雅道はクロッチの脇から指を侵入させた。秘毛《ひもう》が絡んだ直後に、温かな蜜を溜めた窪地《くぼち》を捉える。

（ヌルヌルじゃないか！）

雅道のほうも、粘っこい先汁を溢れさせていた。しなやかな指が亀頭粘膜に触れたとき、すべる感じがしたからわかったのだ。

お返しに、指先で恥沼《ちしょう》をかき回すと、真梨香が「う、うッ」と切なげな呻きをこぼす。かなり敏感になっている様子だ。

彼女は再び、両手でサオとタマを弄《もてあそ》びだした。だったら自分もと、雅道はもう一方の手も秘め園に向かわせた。

2

満員電車内で女性とまさぐりあうことに、雅道とて躊躇《ちゅうちょ》しなかったわけではない。しかも勃起したペニスをあらわにしており、見つかったら公然わいせつでお縄を頂戴するのは確実だ。

つまり、痴漢をした場合と同様に、社会的生命を奪われるのである。

それでも、愛撫される快さに、理性と道徳心が薄らぐ。何しろ巧みな指づかいで、秘茎《ひけい》と陰嚢を同時に弄ばれているのだから。

「すごいわ。カチカチ」

漲《みなぎ》りきった肉根に指の輪をすべらせ、真梨香がうっとりした口調で囁《ささや》く。会社での交流がほとんどなかったとは言え、こんな破廉恥《はれんち》なことをする女性には見えなかったのに。

しかも彼女は、秘部をしとどに濡らしているのだ。

雅道も両手で恥苑をまさぐった。パンティのクロッチをいっそう大きくずらし、花びらをかき分ける。

「いやらしいひとね」

真梨香が目を細める。マスクで口許が隠れているぶん、表情がより淫蕩《いんとう》に感じられた。

(いやらしいって、自分はどうなんだよ?)

彼女はまだ二十七歳と若いのだ。噂どおりにお偉いさんの愛人を務めているものだから、男を手玉に取ることに慣れているのか。

実際、真梨香は手でタマを転がし、うっとりする快さをもたらしてくれるのである。

「キンタマがすごく持ちあがってるわ。もうイッちゃいそうなんじゃない?」

露骨なことを言われ、頭がクラクラする。近くに大勢の人間がいるのに、誰かに聞かれたらどうするつもりなのか。

いや、もしかしたら、彼女はこういう状況を愉しんでいるのかもしれない。後輩の奥さん——翔子と関係を持った、淫靡《いんび》な夜のことを思い出す。彼女はそばで夫が眠っているのもかまわず、セックスを求めてきたのだ。雅道の声で劣情を煽られ、たまらなくなったのは事実のようながら、スリルを求めていたところが多分にあった。

それと同じで、真梨香も衆人の中だからこそ燃えあがっているのではないか。だとすれば露出狂だ。

（おれに絡んでくるのは、そんな女性ばかりなのかよ）

モテるというより、オモチャにされているようなもの。さりとて、乗せられて手を出した自分も情けない。

（くそ、だったらこうしてやる）

一矢報いるべく、敏感な花の芽を狙う。右手の指で、手探りでフードを剝きあげ、左手の指で突起をこすった。

「あふっ」

なまめかしい声が、通常の会話レベルで聞こえたものだから、心臓が止まるかと思った。

(馬鹿、声が大きい)

胸の内で罵《ののし》る。もっとも、声を出させたのは雅道なのであるが。

周囲の何人かの目が、こちらに向いている。あやしい行為に及んでいるのがバレたらまずい。ここらでやめるべきだ。

ところが、真梨香にはそんな選択肢はなかったらしい。

「ねえ、わたしをもっと気持ちよくしてよ」

トロンとした目でおねだりする。怪しまれているなんて意識は、少しもないようだ。

「まずいだろ、こんなの」

小声で諭しても、何を今さらというふうに、彼女は牡のシンボルをしごく。多量にこぼれたカウパー腺液《せんえき》が、上下する包皮《ほうひ》に巻き込まれ、ヌチュヌチュと泡立つのがわかった。

そのとき、電車が駅のホームに入る。停車すると、また新たな乗客があった。

後ろから押された真梨香が、雅道とほぼ密着状態となる。ふたりのあいだにあるのは、前に担いだデイパックのみ。それは中身がほとんど入っていなかった。

　この状態は、むしろ都合がよかった。なぜなら、手を動かす余裕がなくなり、愛撫を交わすのが難しくなったからである。

（これで諦めてくれるだろう）

　そう期待して、秘苑から手をはずす。しかし、彼女は勃起したイチモツを握ったままであった。しごくのは無理そうながら、指の輪に強弱をつけ、快さを与えてくれる。

「うう……」

　唇からこぼれる呻きを、雅道は懸命に抑えた。

　気持ちよくても、これなら射精に至ることはあるまい。あとは好きにさせておけばいいと考える。そのうち諦めるか、会社の最寄り駅に到着するであろう。

（すぐにチンポをしまわなくっちゃな）

　勃起したイチモツを振り立てながら降車しようものなら、悲鳴の嵐である。留置所に直行だ。

　そんなことを考えて身震いしたら、

「ねえ、ここでセックスしちゃわない？」

囁かれた提案に、雅道は驚愕した。さすがに冗談だろうと思えば、真梨香の目は真剣そのものだった。

「これだけぴったりくっついてるんだもの。ちょうどいいじゃない」

ぎゅう詰めの状況すら、行為に最適だと捉えているらしい。

そんなことは無理に決まっていると思いつつ、雅道の心は揺れ動いた。突飛な発言が、かえって挑んでやろうという気を起こさせたのだろうか。

「どうやってするんだよ？」

つい彼女に質問してしまう。

体位としては、立ったままする以外にない。さりとて、ヒールを履いている真梨香と雅道は、背丈がそう変わらない。反り返るペニスの角度的に、挿入は無理そうだ。

「ちょっと腰を落として」

言われて、雅道は壁につけた背中をずるずると下げた。それにより、腰が前に出る。

真梨香は逆に、爪先立ちになったようだ。握られた分身が、彼女の脚のあいだへ導かれた。

（え？）

亀頭に温かく濡れたものが触れる。それが女性器だと理解するなり、雅道の全身がカッと熱くなった。

（いや、マジでするつもりなのかよ！）

我に返り、焦って離れようとする。けれど、後ろは壁なのである。そもそも満員の電車内に、逃げ場などない。

こんなところで性行為に及んだら、公然わいせつでもかなり重い罰を食らいそうだ。しかも見つからずに済ませるのは、かなり難しい。

なぜなら、真梨香はクリトリスに触れられただけで、はっきりそうとわかる艶《つや》声《ごえ》を洩らしたのである。

（チンポを挿《い》れたら、どれだけ乱れるかわかったものじゃないぞ）

すぐにバレて、警察に突き出されるのは目に見えている。

いや、そうなる前に、乗客たちに写真を撮られて、ネットで拡散されるのだ。

彼女はマスクをしているからまだいいとして、自分は素顔をばっちり晒されることになる。

盛りのついた犬並みの男と揶揄《やゆ》され、後ろ指を指される場面が目に浮かぶ。泣きそうになった雅道であったが、ペニスは変わらずギンギンだ。

「さすがにまずいよ」

忠告しても、真梨香は聞き入れなかった。

「チンチンをこんなに硬くしているくせに、今さらなに言ってるのよ」

それを指摘されると、雅道は弱かった。

「ほら、あなたもこれをオマンコに挿れたいんでしょ」

卑猥な四文字を口にして、年上の男を翻弄《ほんろう》する。同じ会社の人間で、彼女のこんな一面を知っている者は、他にいるのだろうか。

(愛人どころか、実は商売女なんじゃないか？)

見ず知らずの男にからだを売ることを、副業にしているのではないか。だとしたら、あとで金銭を要求されるかもしれない。

肉槍《にくやり》の穂先が、恥割れにこすりつけられる。そこがクチュクチュと卑猥な音をこぼすのが、聞こえなくてもわかった。

「ヌルヌルになってるの、わかるでしょ？　わたし、したくてたまらないの」

マスクで半分隠れていても、真梨香が陶酔《とうすい》の面差しなのは一目瞭然だ。うっとりと目を細め、ペニスを握る手つきも物欲しげであった。

（……商売女じゃなさそうだぞ）

ビジネスならば、ここまで本気にはなるまい。肉体の反応からして、演技とは思えなかった。

彼女がちょっと腰を落とすだけで、ふたりは結ばれるはずである。満員の車内で動くことはできずとも、電車の揺れに身を任せれば、けっこういい感じになるのではなかろうか。

そんな想像をしたら、理性がくたくたと弱まった。濡れ膣《ちつ》の締めつけを浴びたいと、牡の本能が主張する。

（ええい、だったらしてもかまわないさ）

雅道は捨て鉢になった。

周りにいるのは、見ず知らずの他人である。たとえ自分が、公然とセックスをするカップルを目撃しても、見て見ぬフリをするだろう。この乗客たちもきっとそうなのだ。

などと都合よく解釈し、流れに身を委ねる。真梨香の指と、亀頭粘膜に触れる女芯《にょしん》の感触をじっくりと味わい、気分を高めた。

ところが、その状態がしばらく続いたのである。

様子を窺うと、真梨香の目許に逡巡が浮かんでいた。ここに来て、結合するかどうか迷っているふうである。

そうなると、収まりがつかないのは雅道のほうだ。

（なんだよ、ここまでその気にさせておいて）

胸の内で憤慨したものの、さっさとしてくれとは言えない。彼女の指が小刻みに動き、分身を刺激していたものだから、焦らされておかしくなりそうだ。

そうこうするあいだに、降りる駅が近づいてくる。これはもう無理だなと諦めたとき、陰嚢に添えられていた手が動き出す。中の睾丸《こうがん》を転がすようにさすり、それに合わせて筒肉に回された指が大きく上下した。

「あ、あ――」

急速にこみ上げる感覚に、雅道は狼狽《ろうばい》した。目の奥で甘美な火花が散り、まずいと悟ったときにはすでに遅かった。

「むうう」

鼻息を荒ぶらせ、ドクドクと射精する。噴きあげられた粘っこい体液は、同僚美女の性器を汚したに違いなかった。

（うう、出しちまった……）

絶頂の余韻で膝が震える。情けなくてたまらない。

それからあとのことは、あまりよく憶えていない。電車が停まり、降りますと声をかけてひと混みをかき分ける。車外へ出るまでのあいだに、ペニスをどうにかズボンの中にしまったようだ。

気がつけば、雅道はひとりホームに佇んでいた。真梨香の姿は見えない。

（……何があったんだ？）

朝から淫夢でも見ていたというのか。しかし、やけに気怠《けだる》い腰が、今の出来事が現実であると教えてくれた。

3

その日、会社でデスクワークに励みながら、雅道の目はどうかすると机上の書類から離れ、別席の同僚へと向けられた。

（本当に彼女だったのかな……）

一ヵ月前に中途採用された、木下真梨香。通勤電車で居合わせた彼女にペニスを愛撫され、セックス寸前までいったのである。結果、雅道がひとり昇りつめ、未遂で終わったのだ。

パソコンのディスプレイを見つめる美貌は、どことなくミステリアスな印象だ。それでも、公衆の面前で不埒な行為に及ぶような人間には見えない。

そのため、あれは白日夢だったのかと、未だに信じられない気分だった。

しかしながら、ちゃんと証拠がある。駅のトイレで確認したところ、ペニスに生乾きのザーメンが付着していたのだ。さらに己の指には、女性器の淫靡な匂いがこびりついていた。

(……おれ、木下さんのアソコをさわったんだ)

温かくヌメッた感触が、まだ指先に残っている。無意識に嗅いでしまったものの、よく洗ったからもう匂わない。

勿体なかったかもと浅ましいことを考えたとき、

「木下君、ちょっと」

真梨香が課長に呼ばれ、雅道はドキッとした。

「はい、何でしょうか」

立ちあがり、課長の前に進んだ彼女は、背すじがピンとのびている。美人で姿勢がよく、いかにも仕事ができそうだ。

いや、実際にできるのである。課長が真梨香の仕事ぶりに感心している場面を、雅道も何度か目撃した。

（中途採用されたのは、能力を見込まれてなんだよな）

役員の愛人なんて噂は、美しさに嫉妬した女子社員が流したのではないか。

「資料倉庫に行って、このプロジェクトの資料を揃えてもらえるかね。かなり量があるから、大変だとは思うが」

課長が真梨香にファイルを渡し、仕事を命じる。

「承知しました」

「何なら、誰かに手伝わせてもいいから」

「はい。では、そのようにいたします」

お辞儀をして課長の前から離れた美女が、真っ直ぐこちらに向かってくる。まともに目が合って、雅道はうろたえた。

（え、まさか――）

恐れたとおり、彼女は雅道に白羽の矢を立てた。

「浦田さん、資料倉庫までお付き合いいただけますか？」

断る理由はない。不自然な態度を取れば、何かあったのかと周囲に勘繰られる恐れがある。

「ああ、了解」

平静を装い、ふたりでオフィスを出る。

資料倉庫は、同じフロアの端にある。真梨香の後ろを歩きながら、雅道の目は自然と彼女の下半身へ向けられた。

会社に制服はなく、女子社員は私服である。真梨香はクリーム色の上品なブラウスに、紺色のミニスカートを合わせていた。

（そう言えば、おれにぶっかけられたやつ、どうしたんだろう）

左右に揺れるヒップを眺めながら、ふと思い出す。彼女は剝き身の女芯に、雅道のほとばしりを浴びたはずなのだ。

あのあと、横にずらしたクロッチを戻して、そのままでいたのだろうか。もっとも、後ろを歩いても、精液の青くささは感じない。トイレでアソコを綺麗にして、下着も穿き替えたのかもしれない。

資料倉庫に入り、奥の方へ進む。何の資料を探すのか聞かされていないことに気がつき、

「資料って、こっちのほうにあるの？」

雅道が訊ねても、真梨香は返事もせずに足を進めた。どことなく急いでいるふ

うだ。

（そんなに面倒な探しものなのかな？）

課長も、量があって大変だと言っていた。だから急いでいるのかと、雅道は解釈した。別の企みがあるなんて思いもしないで。

そして、最も奥まったところに到着するなり、彼女が豹変した。

「ねえ、続きをしましょ」

振り返り、物欲しげな目つきで雅道を誘う。頬を淫蕩に緩めて。

オフィスでは普段どおりの、いかにも真面目なOLという感じだったのだ。いきなりの変わりように、またも現実感を失いそうになる。

「つ、続きって？」

どぎまぎして訊《たず》ねると、彼女が《わかってるでしょ》と言いたげに目を細めた。もちろん、わかってはいるのだが。

「電車での続きよ」

と言うことは、満員電車内で未遂に終わったセックスを、今この場でするつもりなのか。

資料倉庫はかなり広い上に、スチール棚が何列も並んでいる。奥にいれば、仮に誰かが入ってきたとしても、隠れるのは可能だ。

だからこそ、真梨香は資料探しの相棒に、雅道を指名したというのか。最初から淫らな行為に及ぶつもりで。

(ていうか、機会を窺っていたのかも)

課長の命令がなければ、トイレにでも引っ張り込まれたかもしれない。あるいは、会社帰りにホテルへ誘われるとか。

しかし、とてもそこまで待てないほど、肉体が燃えあがっていたと見える。

「通勤のときは、いつもあんなことをしてるの?」

気になっていたことを、雅道はストレートに訊ねた。

「あんなこと?」

「だから、おれにしたみたいに、男のアソコをさわったりとか」

真梨香はあからさまに不満を浮かべた。

「失礼ね。それじゃわたしが痴女みたいじゃない」

事実そうだったではないか。ペニスを勝手に摑み出してしごいたばかりか、自身の秘部もさわらせたのだから。

そのことを思い出したのか、彼女が気まずげに目を泳がせる。

「あれは――仕方なかったのよ」

「仕方ないって？」

「いつもああいうことをするわけじゃないわ。月の周期でそうなっちゃうの」

理解し難い弁明に、雅道は目が点になった。

「え、月？」

「スーパームーンって知ってる？　ちょうど今がその時期なんだけど、わたし、もうすぐ生理なの」

唐突な告白に面喰らう。それがいったい何だというのか。

「そのふたつが重なっちゃうと、わたし、なぜだかムラムラしちゃうのよ」

スーパームーンというのは、雅道もいちおう知っている。月の軌道が地球に最も近づいたときの満月で、かなり大きく見えるのである。

だが、そこに月のモノが重なった女性が発情するなんて話は初耳だ。

（ていうか、スーパームーンって、どのぐらいの確率で見られるんだっけ？）

それほど頻繁ではなかった気がする。さらに月経も関係するとなると、真梨香も滅多におかしなことにはならないのだろう。

（だけど、どうも嘘っぽいな……）

科学的に立証できる現象とは思えない。それだとスーパームーンの時期には、そこらで痴女が出現することになる。

単純に欲求不満なのを、天体の動きにかこつけて、言い訳にしているのではないのか。あるいは、生理前でムラムラしているだけだとか。

そうだとしても、彼女が実際に欲情しているのは間違いなさそうだ。

「とにかく、あなたはわたしを満足させる義務があるのよ」

言いがかりをつけられ、雅道は困惑した。

「何だよ、義務って?」

「だって、電車であなただけが気持ちよくなって、わたしにザーメンをぶっかけたんじゃない。あれでおしまいだなんて、虫がよすぎるわ」

確かにその通りだから、反論に詰まる。一方的に迫られた車内淫行ではあっても、雅道のみが果てたのは事実だ。

「あなたのザーメン、すごく熱かったわ」

そのときの感触を思い出したのか、真梨香がうっとりした面差しで唇を舐める。続いて、ミニスカートのホックをはずした。

(わわっ!)

雅道は反射的に目を見開いた。

スカートが床に落ち、美人ＯＬの下半身があらわになる。二十七歳の、そろそろ熟れ頃というナマ脚は、むっちりした太腿が凶悪的に色っぽい。

真梨香が穿いていたのは、清楚な白いパンティだ。女らしい豊かな腰回りには窮屈そうで、薄布が限界まで伸びきっているかに見える。

（今朝もこれを穿いてたのか？）

満員電車内でクロッチを横にずらし、彼女の秘め園を直にいじったのだ。そのあと精液をかけてしまったから、下着を替えた可能性がある。

真梨香は回れ右をして、スチール棚に両手をかけた。雅道のほうに、純白下着に包まれたヒップを突き出す。

「ほら、あなたが脱がせるのよ」

丸みをぷりぷりと揺すって命令する。セクシーすぎる眺めに、こっちが年上なのにという不満は消え去った。

とは言え、これでいいのかという戸惑いはある。

（まさか、こんなことが続いて起こるなんて……）

後輩の奥さんに、声がそそられると迫られたのは先週のことだ。今度は同じ課の同僚に、スーパームーンでムラムラするという訳のわからない理由で、淫らな行為を求められるなんて。

もしかしたら、女難の相でも出ているのだろうか。まあ、災難ではなく、むしろ幸運と言えるのだが。

（そういや、満月で変身する妖怪だか、怪物っていたよな）

あれは確か狼男だ。もちろん、真梨香がそうだというわけではない。スーパームーンのときに豹変《ひょうへん》するということで、連想しただけなのである。

むしろ、月経——血と関わっているのなら、狼男ではなく吸血鬼のほうか。とは言え、彼女が吸うのは血ではなく、チンチンであろう。

などと、くだらないことを考えながら、雅道は操られるように彼女の真後ろに進んだ。膝をつき、丸みに顔を近づける。

パンティは裾がレースになった、アウターに響かないデザインだ。ミニスカートには不要だろうが、エレガントないやらしさがある。まして、こんなふうに接近し、アップで見れば尚さらに。

クロッチにシミはない。電車内でかなり濡れていたことを考えると、やはり穿き替えたようだ。

甘ったるいフレグランスがほんのりと漂う。大腿部の柔肌の匂いか。それとも、表に出ないところが放つ秘臭《ひしゅう》なのか。確認したくてたまらなくなった。

雅道は下穿きのゴムに指を引っ掛けると、果実の皮でも剝くみたいに、一気に下ろした。

ぷるん──。

たわわな臀部《でんぶ》が重たげにはずむ。晒されたふたつの丘は、ゆで卵を並べたみたいな綺麗なフォルムだった。

そして、締めつけから解放されたせいか、いっそう大きく見える。スーパームーンならぬスーパーヒップだ。

（ああ、素敵だ）

会社内で女性の尻を丸出しにさせるというシチュエーションにも、激しくそそられる。

「やぁん」

かたちばかりの恥じらいを示し、真梨香が前屈みになる。臀裂《でんれつ》がぱっくりと割れ、淫靡な景色をあからさまに見せつけた。

縮《ちぢ》れ毛が繁茂する陰部は、割れ目から花びらが顔を覗かせる。端っこをスミレ色に染めた、そそられる佇まい。

その真上、尻の谷に隠れていたアヌスは、小さくて可憐だ。ひっそりと咲く小花の趣《おもむき》か。周囲に短い毛が疎《まば》らに萌えているのが、妙にエロチックである。

(これが木下さんの――)

普段、オフィスで顔を合わせる美女の、決して公にできないゾーンだ。それを目の当たりにしていることが、とても信じられなかった。

けれど、酸味を含んだ乳酪臭《にゅうらくしゅう》が、これが現実であると教えてくれる。ぶっかけたはずのザーメンの匂いは、少しもなかった。

(ちゃんと洗ったんだな)

そして、パンティも取り替えたのだ。片方の足から抜くときに確認すれば、クロッチの裏地にも目立つ痕跡はなかった。

それでいて、花弁の狭間には、透明な蜜が今にも滴りそうに溜まっている。恥ずかしいところを男の前に晒して、一気に発情したかのように。

「ねえ、感じさせて」

脚を開き、女芯を大胆に晒した真梨香が、腰をくねらせておねだりする。成熟した色香を放つ豊臀《ほうでん》が、焦れったげにはずんだ。

「何をすればいいの？」

わかっていながら問いかけると、花びらがキュッとすぼまる。行き場をなくした粘っこい汁が、糸を引いて滴った。

「舐めて、オマンコ」

ためらいもなく四文字を告げたのは、一刻も早く気持ちよくなりたかったからだろう。

濡れた性器が放つ淫香《いんこう》で、牡の劣情が煽られる。雅道もたまらなくなっていたから、迷わず艶尻《つやじり》に顔を密着させた。

（おお）

お肉のモチモチした弾力と、肌のなめらかさにうっとりする。一方で、尻の割れ目にもぐり込んだ鼻が、悩ましすぎる女くささを捉えた。洗ったあとでも、陰部はすでに本来のかぐわしさを取り戻していたらしい。

「むふふふぅ」

歓喜の呻きをこぼし、陰部の香気を深々と吸い込む。脳にガツンと来るパフュームに、全身が熱くなった。

「ちょ、ちょっと、オマンコ嗅がないで」

何をされているのか察したようで、真梨香が非難する。しかし、彼女は知らなかったようだ。雅道がもっと恥ずかしい匂いも暴いていたことに。

（ああ、これが……）

尻の谷間にこもる、蒸れた臭気。熟成された汗くささの中に、ほんのちょっぴりだけ、生々しい発酵臭があった。間もなく消えてしまったから、密かに洩らしたガスの名残だったのではないか。

役員の愛人ではないかと噂される、ミステリアスな美女。そんな彼女の究極とも言える秘密を知って、雅道は大昂奮であった。

「あひぃッ！」

真梨香が鋭い声を発する。昂りにまみれた雅道が、秘苑に舌を突き立てたのだ。

ぢゅぢゅぢゅぢゅ――。

舌に絡んだ蜜汁を、音を立ててすする。真夏にようやく水にありついた犬みたいに、貪欲に舐め回した。

「あ、あ、あ、くうううぅー」

よがり声が、資料棚のあいだにこだまする。たわわなヒップがゴムボールみたいにはずんだ。

「も、もっとペロペロしてぇ」

匂いを嗅がれることも気にならなくなったか、はしたないおねだりをする。会社内で尻を丸出しにし、クンニリングスをされているのに、もはや羞恥も抵抗感も皆無らしい。

つまり、それだけ肉体が快楽を求めているのである。

ピチャピチャ……ちゅぱッ。

淫らな舌鼓《したつづみ》に、「イヤイヤ」と声だけで拒みつつ、同僚美女が尻をいやらしく振り立てる。もっと激しく攻められたいのだ。

ならば、こっちはどうかと、舌を可憐なツボミへ移動させる。

「キャッ」

真梨香が悲鳴を上げ、尻割れをすぼめる。けれど、強い抵抗ではない。

それをいいことに、雅道はヒクつく秘肛《ひこう》を丹念に味わった。

「バカぁ、く、くすぐったいぃ」

切なげに身をよじる美人ＯＬは、アナル舐めで悦びも得ているに違いなかった。

なぜなら、恥芯《ちしん》を指で探れば、多量の蜜を溢れさせていたからである。

（木下さんもなのか！）

後輩の奥さん、翔子も後ろの穴を舐められて、秘部を濡らしたのだ。排泄口《はいせつこう》ですらここまで敏感なら、肉体が男を求めるのも当然だ。もっとも、真梨香の説明では、いつもこうではないとのことだが。

「ね、ねえ、おしりの穴はもういいからぁ」

彼女が泣きそうな声で中断を求める。快さはあっても絶頂に至らないから、焦れったくなったのではないか。

雅道も限界を感じていたため、素直にアヌスの舌をはずした。指でいじっていた恥割れを、改めて吸いねぶる。

「ああっ、あ、それいいッ！」

やはり焦れていたようで、嬌声《きようせい》が大きく響き渡る。資料倉庫は片付け作業などの音が洩れないよう防音になっているはずだが、それでも外に聞こえないかと心配になった。

もっとも、今さらやめるわけにはいかない。

（よし、早くイカせちゃえ）

舌を高速で律動させ、敏感な肉芽をはじく。同時に、唾液で濡れた秘肛を指でこすった。

「あああ、イヤッ、よ、よすぎるぅ」

二箇所責めがお気に召した様子で、裸の下半身がガクガクと跳ね躍る。雅道はどうにか食らいつき、舌と指の動きをシンクロさせた。

それにより、二十七歳の肢体が歓喜の極みへと舞いあがる。

「イクッ、イッちゃう」

ハッハッと息を荒ぶらせ、真梨香が臀部の筋肉をせわしなく収縮させる。強く挟まれた指を、雅道は負けてなるかと垂直に突き立てた。

つぷっ──。

指先が直腸に入り込む。それを小刻みに動かしながらクリトリスを吸うと、彼女は絶頂した。

「いやぁ、イクイクイク、い、イッちゃうぅぅううーッ！」

盛大なアクメ声をほとばしらせ、たわわなヒップを痙攣《けいれん》させる。「う、ううっ」と苦しげに呻いたのち、がっくりと脱力した。

スチール棚に摑まっていた手がはずれ、真梨香が床に坐り込む。その前に、雅道は肛門に侵入した指を急いではずした。

「はあ……あふっ、ふぅ——」

肩で息をする彼女を目の前にして、ようやく成就感が湧いてくる。

（おれ、木下さんをイカせたんだ）

満員電車内で射精に導かれたお返しが、ようやくできたのだ。

アヌスを犯した指に、特に付着物は見られない。けれど、鼻先にかざすと、発酵しすぎたヨーグルトのような匂いがした。

（これを知っているのは、世界中でおれだけかもしれないぞ）

美女の腸内臭を暴き、有頂天になっていると、真梨香がのろのろと顔をあげる。雅道は焦って指を背中に隠した。

「……ヘンタイ」

甘えるような声でなじられ、ドキッとする。尻を犯した指を嗅いだのを、悟られたと思ったのだ。

しかし、そうではなかった。

「おしりの穴をイタズラする趣味があったなんて、知らなかったわ」

趣味と断定されたのは心外ながら、そう言われても仕方のないことをしたのである。批判は甘んじて受けよう。

（でも、木下さんだって、けっこう感じてたのに）

肛門に指を挿れられて昇りつめた彼女に、変態だなんて言われたくない。不満を抱いたとき、

「あううっ」

快美が体幹を貫き、雅道はのけ反って声を上げた。真梨香がいきなり股間を握ったのである。

「カチカチじゃない」

ペニスの勃起度をズボン越しに確かめ、真梨香が舌なめずりをする。次はこっちで気持ちよくしてと、濡れた瞳がせがんでいた。

4

「ね、しよ」

真梨香からストレートに交わりをねだられ、雅道はすぐにはうなずけなかった。ブリーフの中では、分身が最大限に膨張していたというのに。

（いや、やっぱりまずいよ）

他に誰もいない資料倉庫とは言え、ここは会社内だ。淫行がバレたら大問題で

ある。クビになる恐れもあった。

もっとも、彼女をクンニリングスで絶頂に導いたあとなのだ。今さらセックスだけは無理なんて主張は通るまい。

まして真梨香は、満員電車内でもかまわず交わろうとしたのだから。

「ほら、立って」

促され、雅道は渋々腰を上げた。

スチール棚に背中を向けて立つなり、彼女の手がベルトを弛《ゆる》める。前を開かれたズボンは、自重で足首まで落ちた。

「まあ、こんなに」

美しいOLが、肉棒の形状を浮かせたブリーフに目を瞠《みは》る。小鼻をヒクつかせたのは、蒸れた男くささを嗅いだからではないのか。

(うう、見られた)

雅道は羞恥に身をよじりたくなった。欲望の証たるテントの頂上には、カウパー腺液のシミができていたのである。

「こんなにお汁をこぼして。あなただってしたいんじゃない」

上目づかいで見つめられ、背すじがゾクッとする。躊躇していたのは確かながら、実のところ女体と深く繋がりたかったのだ。

ブリーフが引き下ろされ、ゴムに引っかかったペニスが勢いよく反り返る。

ぶるん――。

武骨な肉棒が頭を振るのを目の当たりにして、真梨香は頬を淫蕩に緩めた。

「元気ね。朝の電車のときよりも、ギンギンになってるんじゃない？」

含み笑いで言い、そそり立つ牡器官を握る。

「あうう」

うっとりする快さが全身に染み渡り、雅道は呻いた。電車内で愛撫を交わしたとき以上に感じてしまう。周囲に誰もいないから、気兼ねなく悦びに身を委ねられたのだろうか。

おかげで、ためらいも薄らぐ。けれど、彼女が手にした男根に顔を寄せ、悩ましげに眉根を寄せたものだから焦った。

（あ、まずい）

握られた感触で、筒肉がベタついているのがわかる。通勤で汗もかいたし、電車内で射精したあと、そのままペニスをしまったのだ。普段以上に男臭がキツいのは間違いない。

「あ、あの、ちょっと」

腰を引いて逃れようとしても、棚を背にしているから無理である。真梨香は汚れの付きやすいくびれ部分に鼻を接近させ、クンクンと嗅ぎ回った。

「くさいおチンポね」

辱めの言葉に、頬が熱くなる。さっき、彼女の生々しい秘臭ばかりか、アヌスの残り香も嗅いだお返しをされてしまった。

もっとも、雅道が女芯の正直なパフュームに昂奮したのと同じく、真梨香も剛直の男くささが気に入ったらしい。

「でも、わたし、このニオイが好きよ」

そう言って、洗っていない勃起を迷わず頬張る。舌を絡みつけ、チュッと吸いたてた。

「むはッ」

雅道は喘ぎの固まりを吐き出し、膝をガクガクと揺らした。

(うう、気持ちいい)

蕩ける快美に目がくらむ。

真梨香の舌づかいは巧みだった。筒肉に舌を巻きつけてヌルヌルと動かし、先汁を唾液に溶かしてすする。付着していた匂いも味も、たちまち舐め取られてしまったようだ。

（あ、まずい）

早くも限界が迫ってくる。彼女をクンニリングスで絶頂させ、昂っていたためもあったろう。

「そんなにされたら、おれ――」

危ういことを告げると、真梨香が漲り棒を吐き出した。

「え、もう？」

雅道を見あげ、不満げに顔をしかめる。

「電車でもいっぱい出したじゃない」

「でも、木下さんのおしゃぶりが、すごく気持ちよくて」

責任を転嫁すると、美貌が満更でもなさそうに和んだ。

「しょうがないわね」

九つも年下なのに姉のような口調でこぼし、彼女が立ちあがる。片方の足首に絡まっていたパンティをはずし、再びスチール棚に手をかけると、裸の下半身を後方に突き出した。

「だったら、オマンコの中に出しなさい」

あられもない言葉遣いで脚を大きく開き、男に結合を促す。

「え、いいんですか？」

「もうすぐ生理だもの」

それはさっきも聞かされた。スーパームーンが重なると、なぜだかムラムラすることも。

「その代わり、なるべく我慢して、わたしをいっぱい感じさせてちょうだい」

二十七歳とは思えない、艶っぽい微笑を浮かべて真梨香が命じる。生理前やスーパームーンは関係なく、基本的に男好きで、享楽主義なのではなかろうか。

何にしろ、据え膳をいただける雅道はラッキーだ。但し、あくまでも見つからずに済めばの話である。

（よし、さっさと終わらせてやろう）

感じさせてくれと言われたが、こちらは否応なく情交に引きずり込まれたのだ。そこまで奉仕する義務はない。射精して復活しなければ、彼女も諦めるであろう。

雅道は真梨香の背後に陣取った。反り返る分身を前に傾け、切っ先を女陰《じょいん》にめり込ませる。

口淫《こういん》奉仕で昇りつめた名残か、そこは温かな蜜が今にも滴りそうだ。内部はさらに熱を帯びて、挿れたら心地よく締めつけてくれるのではないか。

期待が高まり、気が逸る。雅道はまん丸ヒップに両手を添えると、腰を前に送った。

「あふぅう」

背中を弓なりにして、真梨香が喘ぐ。スムーズに侵入した強ばりに、濡れヒダがぴっちりとまといついた。

(ああ、入った)

予想した通り、膣内《ちつない》は熱かった。入り口と、奥まったところの二箇所が強く締まり、腰の震える歓喜を与えてくれる。

「ああん、おチンポ硬いのぉ」

淫らなことを口走り、美女が尻をくねらせる。蜜穴がすぼまり、雅道はたまらず「おお」と声を上げた。

「ねえ、いっぱい突いてぇ」

求めに応じて、腰を前後に振る。逆ハート型のヒップの切れ込みに、濡れた肉棒が見え隠れした。

「ああ、あ、か、感じる」

よがり声とともに、結合部が卑猥な粘つきをこぼす。セックスの酸っぱい匂いもたち昇ってきた。

(うう、気持ちいい)

奥の輪っか状の締めつけが、敏感なくびれをくちくちと刺激する。強烈な快美が生じ、腰が砕けそうだ。

雅道はさっさと射精し、終わらせるつもりでいた。けれど、それでは勿体なく思えてくる。もっと長く、心地よい蜜穴を愉しみたくなった。

そのとき、ドアの開く音が聞こえた。

(まずい。誰か来た!)

真梨香も気がついたようで、身を堅くする。

女体にペニスを挿入したまま、雅道は動きを止めた。資料倉庫に入ってきた人物に、ここにいるのを気づかれてはならないからだ。

しかし、そいつが奥までやって来たらアウトである。社内淫行がバレて、クビは確実だ。

（頼む。来ないでくれ）

雅道は必死で念じた。立ちバックで女芯を貫かれた真梨香も、微動だにせず息を殺している。

そのくせ、柔ヒダが奥へ誘い込むように蠕動《ぜんどう》するのだ。おまけに、膣の入り口がキュウキュウと締まる。

（うう、そんな）

悦びを与えられ、腰を振りたくなる。雅道は奥歯を噛み締め、募る欲望を追い払った。

足音がこちらに近づいてくる。何列も並んだスチール棚の、雅道たちのいる反対側を歩いているようだ。

ビクン――。

緊張と快感で、膣内の肉根が雄々しく脈打つ。

「あん」

真梨香が小さな喘ぎ声を洩らした。同時に、足音がぴたりと止まる。

（ヤバい。気づかれたか）

心臓が鼓動を音高く響かせる。それも聞かれてしまいそうで、抑えようと雅道は焦った。

すると、また足音がコツコツと響く。

(こっち側に来るのか?)

追い詰められ、緊張がマックスまで高まる。

幸いにも、足音はそのまま遠ざかる。間もなくドアが開閉される音がした。探しものが見つかり、足音はそのまま遠ざかる。

(助かった……)

雅道は胸を撫で下ろした。

「ね、ねえ」

真梨香がもどかしげにヒップをくねらせる。股間がヌラつく感触に、雅道は驚愕した。

(うわ、なんだこれ)

いつの間にか、彼女が多量のラブジュースを溢れさせていたのだ。重なり合ったふたりの陰部が、おびただしく濡れるほどに。見つかるかもしれないというスリルが、昂奮を高めたのだろうか。

そして、男根もかつてなく、力を漲らせていたのである。

「ねえ、動いて。オマンコいっぱい突いてぇ」

はしたないおねだりに、雅道は即座に応えた。強ばりきったモノを後退させ、勢いよく戻す。

ぬちゃ――。

蜜汁を多量に溜めた陰道が、卑猥な音をこぼした。

「あああっ」

真梨香が嬌声を上げる。突き出された裸の下半身が、今にも崩れそうにガクガクと揺れた。

「も、もっとぉ」

邪魔者が去って安心したためか、彼女が貪欲に快楽を求める。雅道も気ぜわしく分身を出し挿れし、濡れ穴をかき回した。

「あひっ、いいいい、感じるぅ」

よがり声がスチール棚の狭間にこだまする。真梨香はハッハッと息を荒らげ、たわわなヒップをいやらしく振り立てた。

「いいの、いい。オマンコもっとグチュグチュにしてぇ」

これを誰かに聞かれようものなら、仕事も信頼も一発でなくしてしまうであろう。それでもかまわないというふうに、彼女は社内セックスに夢中であった。

(まったく、いやらしい子だ)

胸の内であきれつつも、雅道は若い女体を責め苛《さいな》んだ。ストレートに快感を求める姿勢が、健気に思えてきたのである。満員電車の中で、痴女さながらにまさぐってきたことも含めて。

お望みどおり感じさせるべく、ピストン運動の速度を上げる。資料倉庫に入ってきた人物のおかげでインターバルが取れ、いくらか余裕ができたのだ。

「ふん……ふん」

太い鼻息を吹きこぼし、下腹を艶尻に打ちつける。肉のぶつかり合いが、パツパツと湿った音を鳴らした。

臀裂に見え隠れするペニスは、濡れて肉色が生々しい。そこには泡立った愛液がまといつき、白いカスのようなものも付着していた。生理が近いから、分泌物《ぶんぴつぶつ》が多いのだろうか。

淫らな眺めに、腰づかいが自然と荒々しくなる。悦びを求める気分もぐんぐん高まった。

交わる性器のすぐ上では、アヌスが物欲しげに収縮していた。クンニリングスをしながら指を挿れ、究極のプライベート臭を暴いたことも思い出し、悩ましさが募る。

（おれは、木下さんのすべてを知ってるんだ――）

美人で仕事もできるＯＬが、ここまで欲望をあらわに男を求めるなんて、同僚の誰ひとりとして知らないはずだ。

ふたりとも下半身のみをあらわにした、いかにも欲望のみという交わりである。それゆえに、頂上へ行きつくのも早かったのか。

「あ、あ、イキそう」

真梨香がオルガスムスを捉え、総身を震わせる。引き込まれて、雅道も急上昇した。

「うう、お、おれも」

同時に昇りつめるべく、彼女を跳ね飛ばさんばかりの勢いで女芯を突きまくる。

「イクイク、いやぁああっ！」

「お、おおお、出る」

全身に甘い痺れが行き渡る。直後に、熱いものがペニスの中心を貫いた。

「あああ、中に出されてるぅー」

膣奥にほとばしりを浴びた真梨香が、豊臀をワナワナと震わせた——。

翌日、オフィスに彼女の姿はなかった。

朝礼で課長が、木下真梨香が一身上の都合で退職したことを話す。彼も寝耳に水だったようで、困惑をあらわにしていた。

中途採用でひと月前に来たばかりなのに、もう辞めるなんて。同僚たちのあいだに不満と不審の波が広がったが、雅道はすんなりと受け入れられた。

(まあ、あんなことをしたあとじゃな……)

社内セックスをした男と、同じ職場で働くのは気まずいに違いない。やはり昨日のあれは、一時的な欲求に衝《つ》き動かされた行為だったのだ。

もしかしたら、前の職場でも同じようなことをして、退職したのだろうか。そんな憶測をしながら、雅道は昨晩のことを思い出していた。

帰りの電車で、窓から見えた満月が、とても大きかったのだ。

やや赤みを帯びたスーパームーン。それに真梨香のまん丸ヒップが重なって、雅道はたまらず勃起したのである。

第三章　ひとりでできません

1

三十路《みそじ》を過ぎれば、誕生日など特にめでたいとは思わない。恋人なり妻子なりがいて、祝ってもらえるのなら別であるが。

「三十七歳おめでとう」

わざわざ年齢を強調し、安っぽい包みをくれたのは、同じ課で同期の横島《よこしま》であった。

彼はすでに結婚しており、幼い娘を溺愛する父親でもある。いい年をして独り身の雅道など、からかいの対象でしかない。

そうとわかっていたから、雅道は「ああ、どうも」と、気のないお礼を述べたのである。

「開けてみろよ」

たら、ニヤニヤ笑いを浮かべて言われ、むかっ腹が立つ。けれど、ヘタに敵意を示したら、ますます惨めになるだけだ。

仕方なく包装を破いたところ、縦長の箱が出てきた。その中身は、棒状の胴体に丸い頭部のついた電動マッサージ器、俗に電マと呼ばれる代物だった。

「何だよ、これ？」

「仕事で疲れても、マッサージをしてくれる彼女なんていないんだろ？　せめてこれを癒やしに使ってくれ」

友情の押し売りに続いて、横島が思わせぶりに目を細める。

「まあ、彼女ができたら、それはそれで使えるだろうしな」

アダルトビデオで、これが大人のオモチャ的に用いられていることぐらい、雅道とて知っている。そんなものを会社内で渡すとは、つくづく悪趣味な男だ。

「ああ、そうだな。大切に使わせてもらうよ」

厭味っぽく告げ、電マを机の上に放っておく。それがせめてもの抵抗だった。

横島はまだ何か言いたそうにしていたものの、

「あー、ちょっと聞いてくれ」

課長がみんなに呼びかけたものだから、自席に戻った。

「今日は就活生が会社見学に来ている。この課にも来るはずだから、いい仕事っぷりを見せてやってくれよ」

その指示を、雅道はさして気にも留めず、耳に入れていた。自分には関係ないと思ったからだ。

（おれの仕事なんか見たって、何の参考にもならないだろうしな）

いや、こんなやつでも勤まるのなら自分にもできそうだと、学生に希望を与えられるかもしれない。などと自虐的になったのは、横島にからかわれたあとだったからだ。

それから三十分ほど経って、地味な身なりの団体が、オフィスにぞろぞろと入ってきた。リクルートスーツ姿の就活生たちだ。

十名近くもいたであろうか。男女比は半々というところ。ただ見学するだけだと思いきや、彼らはデスクのあいだを三々五々歩き回り、本当に仕事ぶりを間近で見学しだしたのだ。

（やけに積極的だな）

それだけ今年の就活生は、やる気に満ちあふれているのか。これはヘタなところは見せられないと、雅道も緊張感を持って仕事を続けた。いつも以上に、丁寧に書類をチェックする。

と、背後に近づいてくる者の気配があった。後ろから見られているとわかり、自然と背すじがのびる。

すると、その人物が、いきなり倒れかかってきたのである。

「わっ！」

背中にぶつかられ、雅道は思わず声を上げた。もっとも、衝撃があっただけで痛みはない。やけに柔らかだったのは、女子学生だったからだ。

床に倒れた彼女のスカートがめくれて、太腿があらわになる。上下黒のスーツだから、ナマ脚の白さが際立っていたばかりか、桃色の下着までチラリと拝めたのである。

（パパ、パンティが！）

思わずコクッと喉を鳴らしたところで、

「おい、何やってるんだ！」

課長の叱責が飛んだ。

課長に命じられたため、雅道は倒れた女子学生に肩を貸し、医務室へ連れていった。

（おれがこの子に、何かしたと思われたみたいだぞ……）

同僚たちの視線も冷たかったのを思い出し、気が重くなる。もちろん、妙なことは何もしていない。むしろいつにも増して、仕事に取り組んでいたのに。

おそらく貧血か何かで倒れたのだろう。本人の口からみんなに説明してもらわないことには、就活生に手を出したセクハラ男の誹《そし》りは免れない。

「だいじょうぶかい？」

声をかけても、彼女はなぜだか無言であった。

足取りは頼りなかったものの、そこまで重病とは思えない。乳くさいような甘い体臭が悩ましく香り、雅道のほうがおかしな気分になりそうだった。

（こら、妙なことを考えるな）

自身を叱りつけ、他のことに注意を向ける。

女子学生は身分証を首に提げていた。それをチラ見すれば、綺麗な字で「中川《なかがわ》千紗《ちさ》」と名前が書かれてあった。

（就活生ってことは、二十一、二歳だよな）

俯いた面差しは頬がふっくらして、まだ幼く見える。そのわりに、密着したボディは女らしく発育し、衣服越しでも柔らかさが感じられた。

おかげで、またもよからぬ感情が頭をもたげそうになる。

(こんな若い子に欲情するなよ)

自らにあきれたものの、若くなければ許されるというものでもない。要は節操のない己が悪いのだ。

後輩の奥さんである翔子に、元同僚の真梨香と、立て続けに関係を持った。そのせいで、近づいてくる女性はすべてヤラせてくれるものと、妙な思い込みが染みついてしまったというのか。

もっとも、この娘は、あのふたりとは異なる。声で感じたとかスーパームーンがどうのとか、何らかの素因で発情したわけではないのだから。

会社の医務室は、二階のはずれにあった。

かつては看護師が常勤していたこともあったらしい。経費節減のため、今は誰もいない。

室内にはベッドがふたつと、あとは傷薬や湿布などの入った薬品棚があるぐらいだ。眺めとしては、学校の保健室に近い。

そもそも会社にいるのはいい大人たちである。気分が悪ければ早退して医者に行くか、そもそも出社しない。子供じゃあるまいし、転んでケガをするなんてこともないのだ。

よって、医務室を利用する者など稀《まれ》である。千紗を連れていったときも、そこには誰もいなかった。

「しばらく休むといいよ」

ベッドの脇まで付き合うと、彼女が「すみません」と弱々しく謝る。初めて聞いた声は、鈴を転がすようなという形容がぴったりくる、耳に心地よいものであった。

「ジャケットは脱いだほうがいいね」

「はい……」

とりあえず、ひとりで立つことはできるようになったらしい。千紗がゆっくりした動作で、上着を肩からはずした。

「それ、貸して」

彼女が脱いだものを、雅道はベッド脇にあったパイプ椅子の背もたれに掛けた。すると、

「……あの、スカートも脱いでいいですか？」

白いブラウス姿になった女子学生から、思いもしなかった許可を求められ、ドキッとする。

「ああ、うん。あ、ちょっと待ってて」

ベッドはプライバシー確保のため、天井から吊られたカーテンで囲えるようになっている。雅道は急いでカーテンを閉めると、外側に出た。

「じゃあ、おれは仕事に戻るから」

中にいる千紗に告げたところ、

「待ってください」

と、なぜだか引き留められた。

(ひとりにされるのは不安なのかな?)

だったら、もう少し付き合うしかなさそうだ。

「もういいです」

しばらく間があったあと、彼女の声が聞こえた。

(もういいって、中に入れってことなのか?)

それとも、オフィスに戻ってもいいという意味なのか。

いちおう確認するべく、カーテンを少しだけ開け、そっと覗き込む。千紗は掛け布団をすっぽりと被り、枕に乗った髪しか見えなかった。

脇のパイプ椅子には、スカートが無造作に置いてある。その上に載っていたものに、雅道は驚愕した。

(パンティじゃないか!)

オフィスで倒れたときに目撃したのと同じ、ピンク色の薄物。リクルートスーツばかりか、下着まで脱ぐなんて。

そのとき、雅道は気がついた。スカートの上に置かれたそれが濡れていることに。一部を除いて、明らかに色が濃くなっていたのだ。

もしかしたら、彼女はオモラシをしたのだろうか。それが恥ずかしくて、失神したフリを装ったのだとか。

「これ、洗って乾かそうか?」

声をかけると、わずかに覗いた頭がうなずいたかに見えた。

おそらく、そうしてもらいたくて、千紗はパンティも脱いだのであろう。初対面の男に汚れ物を見られるのは恥ずかしくても、オシッコで濡れたものを穿くよりはマシであると。

加えて、ここまで連れてきてくれた雅道に、それだけ気を許したとも言える。

彼が邪《よこしま》な気持ちから親切な申し出をしたなんて、夢にも思うまい。

（まさか、女子学生のオシッコの匂いが嗅げるなんて）

人妻や同僚ＯＬのあられもないフレグランスに心を奪われたせいで、妙な趣味嗜好が根付いてしまったようだ。

手に取ると、薄布はじっとりと湿り、重みがあった。念のためスカートも確認すれば、おしりのところが濡れている。

（あれ？）

雅道は妙だと思った。漏らしたにしては、衣類からアンモニア臭がしないのである。

とりあえず、医務室内にある流し台へ、スカートと下着を持っていく。

ベッドはカーテンで囲ってあるから、千紗に見られる心配はない。雅道は手にしたパンティを裏返し、秘所に密着していたクロッチを確認した。

「ああ……」

感嘆の声がこぼれる。

白い綿布が縫いつけられたそこはわずかに黄ばみ、細かい毛玉が目立つ。そして、生乾きの糊のような付着物があった。

匂いを嗅ぎたかっただけではない。下着の汚れ具合も暴きたくて、雅道は洗ってあげることにしたのである。

さすがに、我ながら変態じみていると思う。それでも、欲望と好奇心には抗《あらが》えなかった。

もっとしっかり堪能するべく、湿った裏地を鼻頭に当て、雅道は染み込んだ香りを深々と吸い込んだ。

（ああ、これが……）

若い秘臭《ひしゅう》は、ツンとした酸っぱみが強い。チーズよりは乳酸飲料ふうである。磯くさい尿臭もわずかながらあった。

そのため、疑問がぶり返す。

（これ、オモラシじゃないぞ）

オシッコを漏らしたのなら、濡れたところ全体が匂うはずである。つまり、粗相をしたわけではないのだ。

では、いったいどうして濡れたのか。おそらくそのせいで、千紗は倒れたのである。

気になって、雅道はパンティを手早く洗った。スカートと一緒に、タオル掛けに干す。

それから、乾かしてあったタオルを濡らして絞り、ベッドへ戻った。

「気分はどう？」

声をかけると、彼女が怖々というふうに掛け布団を下ろす。頬がやけに赤く、目が艶っぽく潤んでいた。

「起きられる？」

「……はい」

ベッドに上半身を起こした千紗は、大学生とは思えない色気が、全身から匂い立つよう。上半身はブラウスを着ているものの、掛け布団で隠れた腰から下は、すっぽんぽんなのだ。

そのことを思い出して、雅道はどぎまぎした。

「こ、これで拭いたら？」

濡れタオルを差し出すと、彼女が無言で受け取る。布団の中に入れ、股間やおしりを清めているようだ。

ここは顔を背けるか、カーテンの外に出るのがエチケットである。だが、雅道は目が離せず、最後まで見てしまった。千紗もべつにかまわないと思ったのか、何も言わなかった。

「……ありがとうございました」

礼を述べられ、タオルが返される。雅道はそれをパイプ椅子の上に置くと、気になっていたことを訊ねた。

「さっきは、どうして倒れたの？」

若い娘の肩がピクッと震え、目が落ち着かなく泳ぐ。その反応で、ただの貧血ではないことがわかった。

「下着とスカートが濡れてたのは、オモラシじゃないよね？」

ストレートな質問をすると、彼女は泣きそうな顔で鼻をすすった。

「すみません……」

「ああ、いや。べつに怒ってるわけじゃないんだよ。ただ、どうしちゃったのか気になってさ」

すると、千紗が顔をしかめる。何かを思い出したように、雅道を恨みがましげに睨んできた。

「あの、お名前を教えていただけますか？」

「え、浦田だけど。浦田雅道」

「浦田さんのせいなんですよ」

いきなり責められて、雅道は狼狽《ろうばい》した。

「お、おれのせいって?」

「浦田さんのデスクの上に、あんなものがあったから——」

そんな非難されるような品物を、机上に置いた覚えはない。

近頃は週刊誌の水着グラビアを広げておいただけで、セクハラ認定されるご時世だ。電車での痴漢冤罪対策と同じく、雅道は常に気をつけていた。そのため、いったい何のことなのか、皆目見当がつかなかったのである。

「あんなものって、なに?」

「だから、アレです。マッサージの……」

曖昧《あいまい》な返答ながら、ようやくわかった。同僚から誕生日プレゼントにもらった、電動マッサージ器のことであると。

「ひょっとして、電マのこと?」

つい俗な名称で訊ねてしまうと、千紗があからさまにうろたえる。アダルト方面でポピュラーな呼び方を知っているということは、あるいは彼女自身も、快感を得るために使用した経験があるのか。

「ひょっとして、中川さんもあれを使ったことがあるの？　その、気持ちのいいところに当ててさ」

試しに問いかけたところ、千紗は真っ赤になって俯いた。否定はしない。つまり、イエスということだ。

（だからって、どうして電マを見ただけで、倒れなくちゃいけないんだ？）

強烈な快感が蘇って、たまらなくなったとでもいうのか。だとしたら、下着やスカートをしとどに濡らしたのは、愛液ということになるのだが。

しかし、まだ若い彼女が、あそこまで盛大に濡らしたとは信じ難い。

「……そんなこと言わないでください。わたし、もう――」

千紗が切なさをあらわに訴える。さすがに露骨なことを訊きすぎたと反省した雅道であったが、

「あん」

不意に、彼女がなまめかしい声を洩らしたものだから仰天する。掛け布団の下で、裸の下半身がもどかしげにくねっているようだ。

「ちょ、ちょっと」

焦って声をかけると、千紗が蕩《とろ》けた眼差しを向けてくる。雅道は思わず息を呑

んだ。

(この子、オナニーをしているのか⁉)

実際、薄い掛け布団のその部分が、モゾモゾと蠢《うごめ》いているのだ。性器をいじっているのと見て間違いあるまい。

「ダメ……我慢できない」

彼女は泣きそうになってつぶやき、ハッハッと息をはずませる。

医務室のベッドで、いやらしく身悶える女子就活生。あどけなかった面差しが、妖艶《ようえん》に変化している。

(この子まで、急に発情したっていうのかよ?)

スーパームーンと生理前が重なって、満員電車で股間をまさぐってきた真梨香のように。また、雅道の声で感じたからと、夫がいるのもかまわず求めてきた翔子とも同じだというのか。

しかし、千紗の説明によれば、原因はもっと身近な物品——電マであるらしい。

「あん……う、浦田さんのせいですからね」

喘ぎ声混じりに千紗がなじる。正しくは、あんなものを寄越した同僚の横島のせいなのだが、そんなことを彼女に言っても始まらない。それに、雅道が引き出しなり鞄の中なりに、しまっておけばよかったのだ。

「つまり、おれのデスクにあった電マを見て、中川さんはたまらなくなったってことなんだね？」

確認すると、彼女が悔しげに口許を歪める。やはりそうなのだ。

「だけど、どうしてそんなことになるんだい？」

困惑して訊ねると、千紗が小さくため息をこぼす。羞恥の涙を浮かべながらも、そうなるに至った経緯を告白した。すべて話さないと、信じてもらえないと思ったのだろう。

2

地方出身の千紗は、難関を突破して東京の大学に入ると、念願だったひとり暮らしを始めた。親元を離れ、何もかも自分でしなければならない生活は、大変だったものの充実していた。

何よりも、気兼ねなくオナニーができるのだ。

実家は部屋数が多くなく、祖父母も同居していた。そのため、千紗は妹と一緒の部屋だった。

千紗は男の子と付き合った経験がない。そのくせ好奇心旺盛で、エッチな妄想で悶々とすることも多かった。

そのせいだろう、十代の中頃でオナニーを覚えると、週に三、四回のペースで快感を求めた。

ムラムラして秘部をまさぐりたくなっても、妹が入浴などでいないときを狙うしかない。あとは彼女が眠ったあとに、声を殺して密かに昇りつめた。

イケナイことをしているという思いはあった。自分はひどくいやらしい人間だと、自己嫌悪を覚えたことも一度や二度ではない。

それでも、絶頂時のからだがバラバラになるような感覚は、何ものにも代え難い。やめようとしてもやめられず、いつしか罪悪感すらも、悦びを高めるエッセンスとなった。イケナイことだからこそ気持ちがいいのだと。

そこまでになれば、自由にオナニーのできる、自分だけの城が欲しくなる。千紗が第一志望の大学を現役合格できたのは、ひとえに自慰のためと言っても過言ではなかった。

ちなみに、千紗が通った高校は女子校だった。男がいないぶん、猥談が露骨になりがちである。

あるとき友人のひとりが、電動マッサージ器をアソコに当てると気持ちいいらしいと言った。あくまでも伝聞の体であったが、もしかしたら実際にやってみたのかもしれない。電マという俗な呼び方を知ったのもそのときだ。

そういうグッズがあることは、千紗も知っていた。話を聞いただけで、なるほど気持ちよさそうだと納得できたのである。いつかそれを手に入れ、どれほどのものか試してみたいと、こいねがうまでになった。

かくして、夢のひとり暮らしが叶うと、千紗はさっそく電マを手に入れた。店頭で買うのは恥ずかしかったので、通販を利用して。家に届くまでソワソワしっぱなしで、少しも落ち着かなかった。

配達されると、すぐさま梱包を解く。取り出された商品は千紗の目に、大袈裟でなく神々しく映った。

いよいよ電マでオナニーができるのだ。期待に胸を震わせながらコンセントを差し込み、スイッチを入れる。鈍い振動音を耳にしただけで、アソコがじわっと潤った。

千紗はスカートを脱いで、ベッドに寝転がった。直だとさすがに怖いので、下着の上からヘッド部分を股間に当てる。

それは衝撃と言っていいほどの快感だった。痺《しび》れを伴った歓喜の波が、からだの隅々まで伝う。一分とかからずに千紗は絶頂した。爆発的なオルガスムスは普段の何十倍も凄まじく、声を上げずにいられなかった。

そのまま、電マを強く押し当てた状態で、連続して五回も昇りつめた。ベッドが軋《きし》み、部屋全体が揺れているような気がしたのを憶えている。全身を痙攣《けいれん》させ、呼吸困難にも陥った。

死と隣り合わせの愉悦にまみれ、彼女は失神した。

電マがもたらした強烈なエクスタシーに、千紗は恐怖を覚えた。

こんなものに溺れたら、人間としてダメになってしまう。麻薬と同じだ。二度としてはいけないと、自らに厳命した。

そうせずにいられないほど、強烈すぎる絶頂感を味わったのである。

せっかく購入した快楽マシンを、千紗は封印した。箱に入れて、ガムテープでぐるぐる巻きにし、押し入れの奥にしまった。処分してもよかったのであるが、捨てるところを誰かに見つかり、自慰に使ったことがバレるのを恐れたのだ。

そうやって自らを厳しく律したものの、究極とも呼べる快感を知ってしまったのである。手を出すまいという決意を守るのは、並大抵のことではなかった。

どうかすると、あのときの悦びが蘇り、矢も盾もたまらなくなる。それを自身の指で追い求めるべく、寝る間を惜しんで独り遊びに励んだ。

要は電マを使わなければいいわけである。自慰行為そのものまで禁じてしまったら、頭がおかしくなっていたであろう。

最初こそ苦しくてたまらなかったが、時間が解決してくれた。学業やアルバイトに身を入れることで、淫らな欲求が次第に薄らぐ。オナニーも適度な回数に落ち着き、やり過ぎて寝不足になることもなくなった。

しかしながら、油断は禁物である。また電マを見たら決心が挫《くじ》け、せっかく我慢したのが水の泡になってしまう。

千紗は警戒を怠らなかった。家電量販店やディスカウントストアなど、そういう品物が置いてありそうなところは、店内を注意して歩いた。

かように、意識して目に入れないよう気を配ってきたのに、雅道の机上にそれがあったのだ。

ほとんど不意打ちだったために目が離せず、悦楽の記憶が瞬時にぶり返す。結果、理性と肉体のコントロールが効かなくなり、千紗は秘部をしとどに濡らして昏倒したのである――。

（いや、そんなことってあるのか？）

雅道はとても信じられなかった。しかし、いかにも真面目そうな彼女に、そこまでの作り話ができるとも思えない。

何より、真剣な眼差しが、事実であると物語っている。

「つまり、思い出して倒れちゃうぐらいに、電マのオナニーが気持ちよかったわけだね」

確認すると、千紗が小さくうなずく。頬がやけに赤い。

「ていうか、今もアソコをいじってるよね？」

気になっていたことを訊ねると、細い肩がビクッと震える。掛け布団のそこは、告白するあいだも波打っていたのである。

「だって、わたし……もうダメなんです」

涙声で悲嘆に暮れるのがいじらしい。雅道は思わず抱きしめたくなった。

「だけど、電マを見るたびにこんなことをしていたら、まともな生活が送れないよ」

「じゃあ、どうすればいいんですか？」

縋《すが》る眼差しの問いかけに、雅道はこれからどうすべきかを考えた。目の前のチャーミングな女子学生と、淫らなことがしたくてたまらなかったのだ。

「おそらく、電マよりも気持ちいいものがあるとわかれば、執着心がなくなるんじゃないのかな」

雅道の意見に、千紗がなるほどという顔を見せる。

「たしかにそうかもしれません。だけど、そんなものがあるんですか？」

「それをおれと探してみない？」

下心があるとバレないよう、真面目な顔で提案する。彼女はすっかり信頼しきったふうに、「はい」とうなずいた。

3

掛け布団を剥ごうとすると、千紗はさすがに抵抗を示した。何しろ、下半身はすっぽんぽんなのだ。

「これは中川さんのためなんだよ。ここで電マを克服しておかないと、また同じ目に遭うんだからね」

説き伏せることで、彼女も仕方ないと諦めたようである。泣きそうに顔を歪めながらも、半裸の恥ずかしい姿を晒した。

(うう、いやらしい)

雅道は軽い目眩《めまい》を覚えた。

上半身は白いブラウスを着ているから、ナマ脚がやけに色っぽく映える。太腿のむっちり具合にも、大いにそそられた。

湧きあがる劣情を包み隠し、教え導く態度で命じる。

「じゃあ、ここに寝て」

千紗は逆らうことなく、医務室の狭いベッドに、行儀よく仰向けになった。丈の長いブラウスで隠れているため、肝腎なところは見えていない。それでも恥ずかしいようで、裾をしっかりおさえている。

「大学で彼氏はできたの?」

問いかけに、彼女は首を横に振った。ということは、何も経験がないのだ。見せまいとガードするのは当然と言える。

よって、淫らな行為に誘っても、拒まれる可能性が大だ。

それでも、自分で電マを買って試すほど、好奇心も旺盛なのである。案外、すんなりと受け入れるかもしれない。

だからと言って、この場で処女を奪おうとまで、雅道は目論《もくろ》んでいなかった。穢《けが》れなき園を目の当たりにし、口をつけられるだけで充分だった。

まあ、それもバージンには、かなりハードルが高いだろうが。

「それじゃあ、おれが中川さんを感じさせてみるよ」

声をかけると、千紗が覚悟を決めたふうに瞼を閉じる。好きにしてと、身を任せているかにも映った。

雅道は右手を両腿の付け根、秘苑《ひえん》へと忍ばせた。ブラウスの裾をめくらず、下側から差し入れるようにして。

指先に陰毛が絡みつく。触れる前から、雅道は蒸れた熱気を感じた。そこはさっきまで、情欲に駆られた彼女がいじっていたのである。

濡れた恥肉に、指がヌルッとすべる。

「あん」

千紗が艶めいた声を洩らした。

女芯《にょしん》は湿地帯どころか、ほとんど沼地の趣《おもむき》だ。指が溺れそうなほど、愛液が溢れている。

(うわ、すごい)

「すごく濡れてるよ」

窪地《くぼち》をかき回すと、ピチャピチャと音が立った。

「いやぁ」

恥じらって嘆く女子学生の、閉じていた膝が緩んでくる。若い肉体は、さらなる快感をほしがっているようだ。

これなら大丈夫だろうと、ブラウスの裾をめくる。恥丘《ちきゅう》を覆う秘毛《ひもう》はかなり濃く、逆立って存在感を際立たせていた。

(けっこう生えてるんだな)

可愛い顔で剛毛というのも、ギャップゆえにそそられる。抵抗しないのをいいことに、脚を大きく開かせると、雅道は中心部分を覗き込んだ。

繁茂する縮れ毛が邪魔をして、処女地の佇まいがよくわからない。ならばと叢《くさむら》をかき分けると、ほころんだ秘割れの狭間に、やけに赤い粘膜が見えた。

(ああ、これが――)

未だ侵略されていない、清らかな園。それゆえに、痛々しい印象が強い。

残酷な仕打ちをしている気がして、ためらいが頭をもたげる。その一方で、漂ってくる酸味の強いチーズ臭に、牡《おす》の欲望がふくれあがった。

「すごく綺麗だよ。中川さんのここ」

少しでも羞恥を和らげようとしたのであるが、千紗は「イヤイヤ」とかぶりを振った。

「そんなに見ないでください」

泣きべそ声で訴える。男を知らないから、性器を褒められても居たたまれないだけなのだろう。

とにかく感じさせてあげようと、雅道は濡れ園をまさぐった。蜜を溜めた窪地をかき回し、指に粘りをまといつけてから、敏感な肉芽をこする。

「あ、ああっ、そこぉ」

あられもない声を上げ、下肢をワナワナと震わせる女子学生。就活で訪れた会社の医務室で、下半身のみを脱いだはしたない格好を晒すことになるなんて、夢にも思わなかったであろう。

それでも、今は与えられる悦びに、気分を高めている様子だ。肉体が快感を求めずにいられないらしい。オナニーが好きで、電マの刺激で激しく昇りつめただけのことはある。

これも自慰の成果なのか、彼女のクリトリスは大きかった。包皮《ほうひ》を剝かずとも姿を現し、ツンと突き立って自己主張をする。

「ここが気持ちいいんだね」

強めに摩擦すると、内腿がビクビクと痙攣した。

「イヤッ、だ、ダメぇ」

口では拒絶しながらも、若腰がもっとしてとねだるようにくねる。恥毛に隠れがちな蜜芯も、薄白いジュースを滴らせた。

「ねえ、ここに指を挿《い》れたことってあるの？」

ふと気になって訊ねると、千紗がハッとしたように身を堅くする。落ち着かなく目を泳がせたから、経験があるのだ。したことがないのなら、すぐに否定するはず。

電マの快感を忘れるため、彼女はオナニーに耽《ふけ》ったと告白した。そのときに、膣《ちつ》も感じるか試したのではないか。より大きな愉悦が得られるのを期待して。

「おれも指を挿れていい？」

雅道が許可を求めると、千紗は少し間を置いて、

「……乱暴にしないでください」

と言った。デリケートな部分だし、無茶をして傷つけられたくないのだ。

「だいじょうぶ。優しくするよ」

彼女を安心させてから、雅道は中指を挿入した。処女膜が残っていたら痛がるだろうと、慎重に進める。

入り口こそ狭く感じたが、特に抵抗らしいものはない。たっぷりと濡れていたおかげもあって、指は根元までスムーズに入り込んだ。

「くうう」

千紗が呻《うめ》いてのけ反る。指を小刻みに出し挿れすると、息づかいがはずみだした。

「あ――あふ、はぁ」

抽送《ちゅうそう》をしやすいようにと考えてか、彼女は自ら両膝を立て、脚をMの字に大きく開いた。

（これ、中もけっこう感じるみたいだぞ）

雅道は両手を使い、蜜穴と秘核《ひかく》を同時に攻めた。すると、反応が顕著になる。

「あ、あ、あァッ、き、気持ちいいっ」

悦びをストレートに口にして、半裸のボディを波打たせる。呼吸を荒ぶらせ、膣内の指をキュッキュッと締めた。

(これ、チンポを挿れたら、かなり気持ちよさそうだな)

天井のツブツブが、くびれの段差を心地よく刺激してくれるのではないか。締まり具合もよさそうだ。

ブリーフの中で、ペニスは最大限に勃起している。それを挿入したくてたまらなくなった。

「ううう、い、イッちゃう」

陰核と膣を同時に攻められ、若いボディがガクガクと波打つ。息づかいが荒ぶり、眉間に深いシワが刻まれた。

(え、もうイクのか?)

秘部をいじりだして、五分も経っていないのに。

千紗は電マを目にするなり、それによってもたらされた強烈な快感を思い出して、その場に倒れたのだ。もともと敏感で、イキやすいのではないか。

だったら焦らさず絶頂させてあげようと、両手の動きを同調させる。指ピストンの速度を上げ、秘核《ひかく》を強めにこすった。

「あ、あ、イクッ、イクッ、くぅううぅっ！」

裸の下半身をくねらせて、歓喜の高みへ到達する女子学生。さっきまでリクルートスーツをきちんと着こなしていたのが、嘘のような乱れっぷりだ。

「あふっ、ハッ——むふぅ」

太い息を吹きこぼし、からだのあちこちを細かく痙攣させる。オルガスムスが引くまでのあいだ、蜜穴の指を強く締めつけた。

間もなく、千紗がぐったりして手足をのばす。ヌルヌルの女芯から、雅道は手をはずした。

（うわ、こんなに）

彼女の中に入っていた中指は、根元までべっとりと濡れている。白くて粘っこい付着物の他、陰毛も二本絡みついていた。

鼻先に寄せると、風呂の残り湯みたいなぬるい匂いがした。発酵した乳製品にも、ちょっと似ている。

（これが中川さんの、アソコの中の匂いなのか）

人妻の翔子に続いて、元同僚の真梨香と、女体の生々しいパフュームを堪能してきた。だが、膣内の匂いを嗅ぐのは初めてではないか。

おかげで、昂奮がマックスまで高まる。ズボンの前が痛いほどに突っ張った。猛る分身を摑み出し、しどけなく横たわる若い娘にぶち込みたい衝動に駆られる。しかし、これまで恋人がいなかったという千紗は、きっと処女なのだ。欲望のままに、純潔を散らすわけにはいかない。

だいたい、ここは会社の医務室である。大声を上げられたら、誰かが飛んでくる。就活生を犯した不届き者としてクビになるばかりか、警察沙汰になって社会的生命も抹殺されよう。

だからと言って、ここでやめるなんて選択肢はない。電マを忘れられるぐらいに気持ちのいいことをしようと、彼女と約束したのだから。

「ねえ、今度は違うことをやってみようか」

声をかけると、千紗が閉じていた瞼を開く。トロンとして、焦点の合っていなさそうな目で見あげてきた。

「……はい」

彼女が同意する。昇りつめたばかりでも、新たな快感がほしくなっているのか。

「それじゃあ、脚を上げて、膝を抱えてもらえるかな」

寝転がったまま、千紗が両脚を掲げる。言われたとおりに、両膝の裏に手を入れて、ぐいと抱え込んだ。

赤ちゃんがおしめを替えられるときと同じポーズ。恥ずかしいところがまる見えだ。

(うう、いやらしい)

雅道は胸を高鳴らせながらベッドに上がると、膝をついて屈み込んだ。あらわに晒された、羞恥帯の真上に。

「ああ、いやぁ」

恥ずかしいところをまともに見られて、千紗が嘆く。それでも、快感への期待が高まっていたのか、抱えた膝を離さなかった。

繁茂する恥叢《ちそう》に隠れがちな秘唇《ひしん》はほころび、白い粘液を滴らせている。指を挿れられ、絶頂した名残なのだ。

そこから酸っぱい乳酪臭《にゅうらくしゅう》が漂う。わずかに含まれたオシッコくささに、雅道は女子学生らしい初々しさを感じた。

もっとも、陰毛は初々しいどころか、かなり荒々しい。手入れなどしていない様子で、一本一本が長くて太い。範囲も広く、会陰《えいん》からアヌスにかけて、短いものが道筋を辿るように生えていた。

(可愛い顔をしているのに)

もしも今後、彼女の下着を脱がせる男が現れたら、かなり驚くのではないか。

(いや、案外昂奮するかもしれないぞ)

少なくとも雅道は、ギャップに昂《たかぶ》っていた。だからこそ穢れなき園に、迷わず口をつけられたのである。

「ンふっ」

千紗が鼻息をこぼし、下腹をヒクヒクさせる。けれど、何をされたのか、まだ理解していないようだ。

それでも、雅道が舌を裂け目に差し入れ、クチュクチュと動かすことで察したらしい。

「キャッ、ダメっ」

悲鳴を上げ、腰をよじる。両脚を掲げたままだったのは、股ぐらのところに年上の男がいて、持って行き場がなかったためであろう。

「だ、ダメです、そんなとこ舐めちゃ」

涙目で訴えられ、雅道は素直に口をはずした。

「え、どうして？」

訊ねると、愛らしい面差しが赤く染まる。

「だって……汚れてますから」

もちろん、雅道は少しもそんなふうに思っていない。

クリトリスがフードを脱ぎ、桃色に艶めく姿を見せている。そこに軽く触れただけで、若腰が切なげに震えた。

「ねえ、ここを自分でいじりながら、考えたことない？」

問いかけに、頭をもたげた千紗が怪訝《けげん》な顔を見せた。

「……何をですか？」

「指でするんじゃなくて、誰かに舐められたら、もっと気持ちいいんじゃないかって」

雅道自身、童貞を卒業する前は、セックスよりもフェラチオに憧れた。己の右手で快感を得ながら、女性にペニスをしゃぶられたらどれほど快《こころよ》いのかと、夢想したものだ。

千紗とて自慰行為に用いるために、自ら電マを購入したほどである。同じように、クンニリングスに憧れたのではないか。

案の定、彼女は否定しなかった。はしたないポーズを崩さず、若腰をモジモジさせる。嘘のつけない正直な娘を、雅道は愛しさのままに抱きしめたくなった。

「やっぱりあるんだね」

断定すると、千紗がクスンと鼻をすする。息づかいがはずんできたのは、誘導されて秘苑を舐められたくなったためであろう。

「じゃあ、するからね」

雅道が再び口をつけても、彼女は拒まなかった。硬くなった肉芽を吸われ、「くうう」と呻く。恥割れが新たな果汁をトロトロと溢れさせた。

(ああ、美味しい)

就活で訪れた女子学生の新鮮な恥蜜《ちみつ》を、雅道は音を立ててすすった。粘つきの中に甘みがあって、たくさん飲みたくなる。

それには彼女を感じさせて、もっとしとどにする必要があった。

「あ、あッ、それいいっ」

秘核を舌先で転がすと、裸の下半身が電撃を浴びたようにわななく。オナニーで性感が充分に発達しているようで、千紗の反応はいっぱしの女であった。

（もっと感じるんだよ）

胸の内で呼びかけながら、剝き身のクリトリスを吸いたてる。指も膣に忍ばせ、浅いところで小刻みに出し挿れした。

「イヤイヤイヤ、そ、それ、よすぎるぅ」

よがり声が医務室の壁に反響する。他のオフィスからは離れているし、このぐらいなら聞こえることはないだろう。それでも、あとで入り口を施錠したほうがよさそうだ。

その前に、もう一度オルガスムスに至らしめるべく、舌と指を駆使する。指の第一関節を少しだけ曲げて、膣の天井をこするようにすると、半裸の肢体が狭いベッドを軋《きし》ませた。

「いいッ、あ――か、感じるぅ」

ハッハッと呼吸を乱し、千紗が一直線に高みへと駆けあがる。一度達したあとでイキ癖がついたのか、あるいは初めてのクンニリングスがお気に召したのか、さっきよりも早く高潮を迎えた。

「イクイクイク、も、ダメぇえええっ！」

女体がガクンガクンと暴れる。抱えていた膝を離し、彼女は両脚を投げ出した。

「あふッ、ハッ、はふ」

息づかいを荒くして、ブラウスの胸を大きく上下させる。目を閉じた容貌は、あどけない印象が打ち消されるほどに艶っぽい。

(この子、本当に処女なのかな?)

雅道はふと疑問を抱いた。大学でも彼氏はできなかったらしいが、肉体関係だけの男がいる可能性だってあるのだ。

もっとも、そういう相手がいれば、陰毛の手入れぐらいするだろう。伸び放題のまま放っておいたりはしまい。

そんなことを思いつつベッドから降り、雅道は戸口に向かった。内側からロックして入れないようにし、再び千紗のところへ戻る。

絶頂の余韻にひたる彼女を見おろし、またもムラムラする。最大限に勃起したペニスは、多量の先走りをこぼしていた。ブリーフの裏地がじっとりと湿り、亀頭に張りついているからわかるのだ。

(真剣に頼めば、セックスもさせてくれるんじゃないかな)

今日会ったばかりなのに、秘め園を晒し、舐めさせたのである。すでに最後まで許す覚悟ができているのかもしれない。

そのとき、千紗が瞼を開いた。

「……またイッちゃった」

雅道を見あげ、つぶやくように言う。それから、視線を男の下半身に向けた。

目が大きく見開かれる。ズボンの前が大きく盛りあがっていることに気がついたのだ。

「え、すごい」

セックスの経験がなくても、牡の性器が昂奮によって膨張することぐらい知っているだろう。かなり耳年増なようでもあるし。

欲望のテントを見つめたまま、彼女は身を起こした。いかにも興味を惹かれたふうな面持ちで。

4

「見てもいいですか？」

千紗が上目づかいで訊ねる。返事を待ち切れなさそうに、右手がうずうずしていた。膨張した牡器官を、一刻も早く確かめたい様子だ。

（どんどんエッチになっていくみたいだぞ）

処女だけど、オナニーが好きな就活生。雅道のクンニリングスで絶頂し、いよいよ箍《たが》が外れてしまったのか。

もちろん、ギンギンになったペニスを持て余していた雅道に、異存はなかった。

「いいよ」

許可を与えるなり、ちんまりした手がベルトを弛《ゆる》める。ズボンの前が開かれ、ブリーフのテントがあらわになった。しかも、頂上に恥ずかしいシミを滲ませたものが。

もっとも、彼女はそんなところには目もくれず、ブリーフのゴムに指をかける。早く本体を拝みたいようだ。

そして、少しも躊躇《ちゅうちょ》せず引き下ろした。

ゴムが亀頭に引っかかる。たわんだ状態になった肉竿が、勢いよく反り返った。下腹をぺちりと打ち鳴らし、筋張った胴を見せつけて伸びあがる。

「キャッ」

千紗が愛らしい悲鳴を上げる。けれど、武骨な生殖器から目を離さなかった。

「すごい……男のひとのって、こんなになるんですか？」

やはり見るのは初めてなのだ。いたいけな眼差しにゾクゾクして、分身がいっそう血潮を滾《たぎ》らせる。ビクンビクンとしゃくり上げるほどに。

「やん、動いた」

猛々しい反応に怖じ気づいたらしい。その部分にのばしかけていた手を、千紗が引っ込めた。

それでも、好奇心には抗えなかったらしい。再びそろそろと接近させる。

「おおっ」

雅道は声を上げ、膝を揺らした。彼女が屹立《きつりつ》を握ったため、ゾクッとする悦びが生じたのだ。焦らされた状態が長く続いていたぶん、感じやすくなっていたようである。

「え、ウソ」

丸い目が、さらに大きく見開かれる。柔らかな指に力が込められ、雅道は気持ちよさのあまり、ベッドの脇に坐り込むところであった。

「不思議……どうしてこんなに硬くなるの？」

バージンらしい率直な疑問を、ほほ笑ましく思う余裕などない。なぜなら、早くも爆発しそうになっていたからである。何も知らない女子学生に、ただ握られただけなのに。

いや、無垢な手指を穢した背徳感で昂り、我慢できなくなったのだ。劣情の雫が鈴口《すずぐち》からこぼれる。張り詰めた粘膜を伝ったそれに、千紗は興味を惹かれたようだ。

「あ、これって、オシッコじゃないやつですよね？」

カウパー腺液《せんえき》の名称は知らずとも、昂奮するとペニスから透明な液体が出るのは知っていたと見える。指先でそこに触れ、亀頭に塗り広げることまでした。

「あ、ホントだ。ヌルヌルしてる」

やはり性的な知識は豊富と見える。

無邪気さゆえの大胆な振る舞いに、雅道は翻弄《ほんろう》された。敏感な粘膜へのくすぐったい刺激に、いよいよ危うくなる。

「そんなにしたら出ちゃうよ」

情けなくも観念し、差し迫っていることを打ち明けた。

「え、出ちゃうって？」

千紗がきょとんとして訊ねる。予想外の反応に、雅道は居たたまれなくなった。やはり経験がないから、限界まで高まった男が最終的にどうなるのか、わからないというのか。

「だから、気持ちよくなって、イッちゃうっていうか」

遠回しな説明でも、彼女はちゃんと理解してくれた。

「それじゃあ、精液が出るんですか？」

ストレートに訊ねられ、さすがに狼狽する。しかし、ここは認めるしかない。

「うん……中川さんの手が、すごく気持ちよくって」

言い訳するみたいに答えると、女子学生が表情を輝かせた。

「わたし、見たいです。精液が出るところ」

前のめり気味に望みを告げられ、雅道は戸惑った。処女なのに、なんて大胆なのだろう。

もっとも、経験がないからこそ、あれこれ見てみたいと思うのは当然か。まして、進んで電マを試すような子なのだから。

それに、一度ほとばしらせれば、雅道のほうも落ち着ける。飛び散るザーメンに牝《めす》の本能を刺激され、千紗が初体験をしたがるかもしれない。

「わかった。いいよ」

打算が働き、要望を受け入れることにした。

ズボンとブリーフを完全に脱いでしまうと、雅道はベッドに上がった。仰向けになり、彼女の手を屹立に導く。

「じゃあ、しごいてみて」

「え、しごくって？」

「握って、上下に動かせばいいんだよ」

千紗は指示に従い、怖ず怖ずと手を動かした。雅道の腰の脇に、ちょこんと正座して。

間違いなく初めてだとわかる、稚拙《ちせつ》な手コキ。それでも、純真な女子学生に性のレクチャーをすることに昂り、雅道はぐんぐんと高まった。

「すごく上手だよ」

息をはずませて褒めると、あどけない頬が赤らむ。

「ありがとうございます」

お礼まで述べるとは、なんていい子なのだろう。感謝しなければならないのは、むしろこちらなのに。

最初こそ、余り気味の包皮が亀頭の段差に引っかかり、千紗は持て余しているふうだった。それでも、程なくコツを摑んだらしい。中の硬い芯を磨くみたいにして、巧みに扱った。

（ううう、気持ちいい）

おかげで、身をよじりたくなる快感を与えられる。先走りも湧出《ゆうしゅつ》量を増し、包皮に巻き込まれてクチュクチュと泡立った。

「あん、ガマン汁がこんなに出てる」

千紗は俗な呼び名も知っていたようだ。そそり立つモノの根元で蠢くフクロ部分にも関心を持ったか、もう一方の手でそっと触れる。

「むうう」

背中の裏がムズムズする快さに、雅道は呻いた。すると、痛くしたと勘違いしたようで、彼女が陰嚢《いんのう》の手をはずしてしまう。

「いいんだよ。下の方も、もっとさわって」

促すと、戸惑った面差しが向けられた。

「でも、キンタマって、男性の急所ですよね」

いたいけな女子学生が、平然と卑猥な単語を口にしたものだから、雅道はどぎまぎした。

「いや、そこもさわられると、気持ちいいんだよ」

「え、そうなんですか？」

「強くしたら痛いけど、そっと撫でたり揉まれたりすると感じるんだ」

「へえ」

なるほどという顔でうなずく彼女は、大学でも真面目に講義を受けているに違いない。

「じゃあ、さわりますね」

千紗は再び手を差しのべると、玉袋を手で掬《すく》うように持ち上げた。優しく転がされることで、身をよじりたくなる悦びにまみれる。

「そう、そんな感じ──」

ふくれあがった愉悦で目がくらみ、太い鼻息がふんふんとこぼれた。

「あ、ホントだ。キンタマをさわったら、オチンチンがビクンビクンって」

ダイレクトな反応を得て、彼女が笑みをこぼす。男に快楽の奉仕をすることが、すっかりお気に召したふうだ。

「すごく気持ちいいよ。そのまま続けて」

「はい。あ、オチンチン、また硬くなりましたよ」

今日が初対面の男の言いつけにも、素直に従う。なんていい子なのかと、雅道は感動すら覚えた。

おかげで、時間をかけることなく頂上へと至る。

「もうすぐ出るからね」

終末が近いことを伝えると、上下運動の速度が上がる。どうすればいいのか、バージンでも本能的に察したらしい。

「はい、出してください」

「精液が出ても手を止めないで、そのまま動かし続けて」

「わかりました」

「あ、ううう、い、いく」

蕩ける歓喜にからだが痺れ、腰がガクガクと跳ね躍る。次の瞬間、熱い滾りがペニスの中心を貫いた。

「むふッ！」

太い鼻息とともに、白濁液が宙を舞う。垂直に、五十センチも飛んだのではないか。

「あ、すごい。出た」

教えられたとおりに、千紗が嬉々として屹立をしごき続ける。握りを強めて、リズミカルに。

「うあ、あああ、ううぅ」

快感が高い位置で推移し、声を上げずにいられない。全身が蕩ける感覚の中、雅道は粘っこい精汁を多量に放った。

5

「いっぱい出ましたね」

あちこちに飛び散ったザーメンの後始末をしながら、千紗が声をはずませる。ドロドロして青くさいそれに嫌悪を示すことなく、むしろ愉しげに濡れタオルで拭った。

雅道のほうは、強烈なオルガスムスで余韻が長引き、仰向けのまま胸を大きく上下させるばかりであった。

(……すごくよかった)

イカされた瞬間の、目のくらむ愉悦を反芻《はんすう》するだけで、全身が震える心地がする。彼女も初めて目にした射精に感動したようで、早々に昇りつめた情けなさを味わわずに済んだ。

雅道の股間を清め終わると、千紗が萎えたペニスを摘まむ。くすぐったい快さが生じたものの、たっぷりとほとばしらせたあとだけに、たやすく復活することはなかった。

「これ、もう大きくならないんですか？」

残念そうな面持ちに、雅道は彼女の胸中を察した。

(最後までしたいんだな)

せっかくのチャンスだから、千紗はバージンを卒業したいのだ。そう決めつけて、行為を進展させる提案をする。

「ねえ、全部脱ごうよ」

「え？」

「中川さんの裸を見れば、おれのもまた大きくなるよ」

「で、でも」

「だいじょうぶ。入り口はロックしてあるから、誰も来ないよ」

彼女を安心させ、雅道は先に脱いだ。下はすでに丸出し状態だったため、全裸になるのに時間はかからなかった。

それを見て、千紗も脱がなければならない心境になったらしい。仕方ないという顔つきながら、ブラウスのボタンを外しだす。彼女も下半身すっぽんぽんだったから、たちまち一糸まとわぬ姿になるはずであった。

「こ、これでいいですか?」

言われて、目が点になる。千紗は白いブラジャーを着けたままだったのだ。

「え、それは取らないの?」

秘部を晒し、クンニリングスもされたのに、乳房を見られるのは恥ずかしいのか。もっとも、その理由は少々意外なものであった。

「わたしのおっぱい、小さいから、見ても面白くないですよ」

確かに、ブラのカップは盛りあがりがなだらかで、谷間も見あたらない。貧乳が恥ずかしくて、全裸になれないようだ。

だが、裸でブラジャーのみという格好は、なかなかそそられるものがある。年頃の娘らしい恥じらいにも、雅道は好感を抱いた。

だからこそ、より親密な関係になりたい。

「おいで」

両手を差しのべると、彼女が胸に飛び込んでくる。まじまじと観察されるよりは、肌を合わせたほうがマシなのだろう。

柔らかなボディを抱きしめて、雅道はベッドに倒れ込んだ。

若い肌はなめらかで、洗って乾かした綿の手ざわりだ。手を背中からヒップへと移動させ、ふっくらしたお肉をモミモミすると、千紗が眉根を寄せた。

「うう……エッチ」

涙目でなじる彼女の顔は、すぐ目の前だ。ピンク色の唇から、甘い吐息がこぼれる。

雅道は矢も盾もたまらず、彼女の唇を奪った。

「ンぅ」

くちづけをされて、千紗が呻く。抗うように身をくねらせたものの、それはほんの束の間であった。雅道が優しく吸ってあげると、からだからぐんにゃりと力が抜ける。

（キスも初めてみたいだな）

だったら、まだ舌を入れないほうがよさそうだ。雅道は唇を重ねたまま、ブラジャーしか着けていない裸身を撫で回した。

そのうち、彼女の呼吸がはずんでくる。閉じていた唇がほどけ、かぐわしい息を直接吹き込んでくれた。

おまけに、ふたりのあいだに手を差し入れ、牡のシンボルを握る。

「むふっ」

雅道は鼻息をこぼし、腰をよじった。抱き合ってふくらみかけていた分身が、うっとりする快さにまみれたのである。

おかげで、海綿体に血液が遠慮なく流れ込む。逞《たくま》しい脈打ちを、処女の手指に伝えた。

ここまで積極的ならば、かまわないだろう。ほころんだ唇に、雅道は舌を侵入させた。

その瞬間、千紗が身を堅くする。しかし、抵抗はしない。温かな口内を探索すれば、彼女の舌が仲間に入れてとばかりに戯《たわむ》れてきた。

(キスのときどんなふうにするのか、前々から練習していたのかもしれないぞ)

舌の絡めかたなど、シミュレーションをしていたことが窺える。そうやって気分を高め、オナニーに耽ったのではあるまいか。

ふたりは顔を傾けて唇を重ね、互いの唾液を飲みあった。

(ああ、美味しい)

ほんのり甘い処女の唾に、雅道は感激した。さっき味わったラブジュースと、どことなく似ている気がする。分泌される場所が違っても、同じ人間のものだから、成分が共通しているのだろうか。

長いくちづけを終え、唇が離れると、千紗は頬を紅潮させていた。目も泣いたあとみたいに濡れている。

「キスも初めてなの？」

確認すると、彼女がコクリとうなずく。了解を求めずファーストキスを奪ったことに、雅道は今さら罪悪感を覚えた。

「ひょっとして、嫌だった？」

恐る恐る訊ねると、首が横に振られる。

「ううん……今のがオトナのキスなんですね」

感慨深げに言われて安堵する。やはりこの子は、一人前の女になることを望んでいるのだ。

「次は何をしたいの？」

問いかけると、勃起をゆるゆるとしごかれる。

「オチンチンを舐めたいです」

「え？」

「さっき、浦田さんにアソコを舐められてイッちゃったから、わたしも気持ちよくしてあげたいんです」

クンニリングスのお返しという体を装っているものの、単純にフェラチオを経験したいのではないか。そういう愛撫方法があると知って、やってみたいと密かに思っていたのかもしれない。

あるいは、猛々しい肉の槍を手にしたことで、本能的にしゃぶりたくなったというのか。

千紗が身を起こす。雅道は仰向けになり、彼女にすべてを委ねた。

「オチンチン、また元気になってくれたのね」

嬉しそうに口許をほころばせ、彼女が握った屹立を上向かせる。真上から顔を接近させ、赤く腫《は》れた亀頭をペロリと舐めた。

「あうう」

雅道はだらしなく呻き、腹部を歓喜に波打たせた。

白魚《しらうお》の指に支えられ、ピンとそそり立った肉の槍。その穂先を遠慮がちに舐められるだけで、背すじがゾクッと震える。

（ああ、気持ちいい……）

雅道は快さにうっとりしつつも、ためらわずにいられなかった。何しろバージンの女子学生が、初めてのフェラチオに挑んでいるのだ。

清らかな唇や舌を穢すことに、申し訳ない気持ちを拭い去れない。それでいて、張り詰めた粘膜をペロペロと味わうだけの舌技にもかかわらず、悦びがふくれあがった。

「オチンチンって、こんな味なんですね」

感激したふうに千紗がつぶやく。悪い印象は持たなかったようで、強ばりを少しずつ口内に迎え入れた。

「あ、あ――」

温かく濡れたものに包まれることで、快感がいっそう高まる。筒肉の半ばまで咥《くわ》えられ、チュッと強めに吸われるなり、脳に甘美な衝撃があった。

「な、中川さん」

名前を呼び、裸身を波打たせる。雅道の反応に気を良くしたのか、彼女の舌が回り出した。

（おれ、処女の子にチンポをしゃぶられてる――）

しかも、就活で会社を訪れた彼女とは、今日初めて会ったのだ。ここまでの関係になれたのは、まさに奇跡と言っていい。

これも電マのおかげだと、プレゼントしてくれた横島に、心の中で感謝する。もちろん、こんなことになったなんて、彼には絶対に言えないが。

「ぷは――」

千紗がペニスを吐き出し、大きく息をつく。悩ましげに眉根を寄せ、唾を呑み込んだ。

「けっこう難しいんですね」

やはり慣れていないから、思うようにできなかったらしい。こんなはずじゃなかったという顔を、雅道に向けた。

「でも、気持ちよかったよ」

お世辞でもなく告げると、彼女は頬を緩めた。

「ありがとうございます」

もう一度チャレンジしようとしたか、再び頭を下げる。

「あ、待って」

雅道は急いで声をかけた。

「え、何ですか？」

「いっしょにしようよ」

「いっしょに……？」

「中川さんがおれの上に乗って、ふたりで舐めっこするのさ」

言うなり、千紗がうろたえる素振りを見せる。経験はなくても、シックスナインを求められたと理解したのだ。

（本当に知識が豊富なんだな）

好奇心も旺盛で、恥じらいながらも男のからだを跨《また》ぐ。ちゃんと意図を理解し、逆向きになって。

（ああ……）

くりんと丸いヒップを差し出され、胸がはずむ。目は自然と、あらわに晒された女芯に釘付けとなった。

濃い秘毛から透けるように、ほころんだ花びらが見える。その狭間には、白っぽいラブジュースが溜まっていた。クンニリングスと指ピストンで絶頂したあと、初めて目にした射精に昂り、再び蜜を溢れさせたのではないか。

淫靡《いんび》さを増した女の匂いにも、雅道は劣情を煽られた。我慢できずに若腰を抱き寄せ、かぐわしい処女地と密着する。

「キャッ」

千紗が小さな悲鳴を上げた。

(ああ、これだよ)

恥叢が繁茂する中心に鼻面がめり込む。処女の淫臭に激しく昂り、握られた肉棒が小躍りした。

「やん、すごい」

千紗が驚きの声を発し、ペニスを強く握る。おとなしくしなさいと、たしなめるつもりだったのか。

しかし、それは雅道を歓ばせただけであった。

「むふふふぅ」

太い鼻息をこぼし、腰をガクガクとはずませる。快感のお返しをするべく、雅道は舌を恥割れに差し入れた。溜まっていた粘っこい愛液を絡め取り、ぢゅぢゅッとすする。

「いやぁ、あ、エッチぃ」

なじりながらも、蜜芯をきゅむきゅむとすぼめる女子学生。あたかも、もっと舐めてとねだるみたいに。

無言のリクエストに応えて、雅道は舌を律動させた。

「あ、あ、それいいッ」

泣くように訴え、千紗も牡の漲《みなぎ》りを深く咥えた。

ちゅぱッ――。

舌鼓《したつづみ》を打たれ、腰がわななくほどに感じてしまう。さらに、亀頭を転がすようにねぶられて、あまりの気持ちよさに目がくらんだ。

（まずいぞ。このままだと）

またも早々に果ててしまう。手で頂上に導かれたばかりだというのに、さすがに情けない。

テクニックなどほとんどないフェラチオに翻弄されるのは、やはり相手がバージンということで、昂奮しすぎているためだ。おまけに、相互舐め合いの破廉恥《はれんち》な体位で、穢れなき園と対面しているのだから。

ここは彼女を先にイカせるしかない。雅道は敏感な秘核を狙い、一点集中で吸いねぶった。さらに、指を膣に深々と侵入させる。

「むふっ」

千紗の鼻息が陰嚢に吹きかかる。与えられる快感に耐え、どうにかフェラチオを続けようとしたらしいが、たちまち舌づかいが覚束《おぼつか》なくなった。

「むうー、むふふふ」

と、肉棒を口に入れたまま、呻くだけになる。

おかげで雅道のほうは、余裕を取り戻した。よりねちっこく攻めることで、若い女体を歓喜にひたらせる。

「ふはっ」

とうとう千紗がペニスを吐き出した。ふっくらしたおしりを細かく震わせ、

「だ、ダメぇ」

と、泣き言を口にする。

もちろん、そんなことでやめるわけがない。それに、彼女だって続けてほしいはずなのだ。

硬くなったクリトリスを舌でぴちぴちとはじき、指を忙しく出し挿れする。抉《えぐ》られる蜜穴が、卑猥な粘つきをこぼした。

「あ、あ、イッちゃう」

三分とかからず、千紗が頂上へと舞いあがる。ブラジャーのみを着けた裸身を

くねらせ、「イヤイヤぁ」と差し迫った声を上げた。

（よし、イケ）

ここぞとばかりに秘核を強く吸えば、

「イクイクイク、イッちゃふぅううう っ！」

歓喜の声を張りあげ、処女がオルガスムスに至る。汗ばんだ肌から、甘い匂いを振り撒いて。

（イッたんだ）

ひと仕事やり終えた気分にひたり、雅道はふうと息をついた。

6

三度目の絶頂を迎えた千紗が、狭いベッドでぐったりと手足をのばす。ブラジャーを着けた胸を、大きく上下させた。

彼女に添い寝して、雅道はオルガスムスの余韻にひたる顔を見つめた。瞼を閉じているせいか、いっそうあどけなく映る。

（これで終わりにしたほうがいいのかな）

できればバージンをいただきたかったものの、そこまでするのは残酷な気がしてきた。

やはり初体験は、好きな男と遂げるべきではないのか。こんな味気ない医務室ではなく、ちゃんとしたホテルの一室で。

「あうっ」

雅道は呻き、腰を引いた。千紗が目をつぶったまま、手探りでペニスを握ってきたのだ。

瞼が開く。トロンとした目で見あげられ、雅道は胸を高鳴らせた。

「……オチンチン、とっても硬いですよ」

舌足らずな報告が、妙に気恥ずかしい。ただ、その部分が猛々しく脈打っていたのは事実だ。

「な、中川さん」

「これ、わたしに挿れてください」

セックスを示唆する求めに、雅道はうろたえ気味に「いいの？」と訊ねた。

「だって、浦田さんが言ったんですよ。電マより、ずっと気持ちいいものを探そうって」

確かにそう提案したけれど、そのときは最後までしようとは考えていなかったのだ。

「オチンチンを挿れられたら、わたし、もっとよくなれそうな気がするんです」

処女のくせに、大胆なことを口にする。女の子が初体験で快感を得られるのなんて、ごく稀なことなのに。

もっとも、指入れオナニーを経験し、今も雅道の舌と指で昇りつめたのだ。案外、最初からよがりまくるかもしれない。

（この子がやりたがってるんだ。だったら、望むようにしてあげればいいじゃないか）

求められたのを口実にして、行為を進めることにする。雅道は「わかった」とうなずき、男を知らない女子学生に身を重ねた。とは言え、やはり罪悪感があったから、

「自分で導いてごらん」

と、主導権を彼女に委ねる。

「わかりました」

千紗がふたりのあいだに手を入れ、握った陽根《ようこん》を自らの中心にあてがう。切っ先を恥割れにこすりつけ、しっかり潤滑した。

「こ、ここです。たぶん……」

頬を恥じらい色に染めつつ、雅道に告げる。亀頭が浅くめり込んだところは、息吹くように蠢いていた。

(この感じなら、痛がることはなさそうだな)

快感を与えられる自信などなかったが、とりあえず挿入すれば、彼女は納得するだろう。

「いくよ」

短く声をかけると、千紗がうなずく。筒肉に巻きつけた指をほどき、両手で雅道の二の腕に摑まった。

(ああ、いよいよだ)

コクッと喉を鳴らし、腰をそろそろと沈める。最大限に膨張した亀頭が、狭い入り口を圧し広げた。

「あ、あ――」

千紗が焦った声を洩らす。次の瞬間、強ばりは熱い沼へと吸い込まれた。

「ああぁッ！」

初めて男を迎え入れた女子学生が、のけ反って声を上げる。ペニスが根元まで侵入すると、裸身をワナワナと震わせた。

（ああ、入った）

甘美な締めつけに、雅道はうっとりした。けれど、千紗がからだを強ばらせていることに気がついて動揺する。

「だいじょうぶ？」

焦って声をかけると、彼女が「はあー」と大きく息をついた。

「……はい、平気です」

舌をもつれさせるようにして答える。表情に戸惑いが見られるものの、痛みはなさそうだ。

「いきなり奥まで入ってきたから、ちょっとびっくりしましたけど」

そう言って、千紗が甘える目で睨んでくる。初めてペニスを受け入れて満足した様子だが、雅道はいちおう「ごめん」と謝った。

「いいえ。わたしがしてほしいってお願いしたんですから」

彼女は首を横に振り、遠い目をしてみせた。

「わたし、これでオンナになったんですね」

感慨深げなつぶやきに、雅道は安堵した。しかし、まだ本当の目的は達成してい。

(指でも感じたし、初めてでも気持ちいいかもしれないな)

声をかけると、千紗が「はい」と答える。快感への期待に満ちた顔つきで。

「じゃあ、動くよ」

いない。


さすがにイクのは無理だろう。それでも、彼女が望んだとおりにするしかな
い。

雅道は腰をそろそろと引き、同じ速度で戻した。

「うぅン」

千紗が呻く。悩ましげに眉をひそめた。

徐々にピストンの速度を上げても、彼女は痛がらなかった。これ幸いとリズミカルに腰を振れば、息づかいがはずんでくる。

「どんな感じ?」

「わ、わかんない」

などと言いつつ、表情がいやらしく蕩けてきた。

(なんてエッチな子なんだ!)

お仕置きのつもりで女膣《にょちつ》を気ぜわしく抉れば、「あ、あっ」と艶声がこぼれる。

「わ、わたし……よくなりそう」

千紗が両脚を掲げ、牡腰に絡みつける。もっと突いてとせがむみたいに。

ならばと、医務室の狭いベッドが軋むほどに責め苛《さいな》む。

「あ、あ、あ、いい。感じるぅ」

初めてのセックスで、彼女は順調に高まった。喘ぎ、すすり泣き、「もっともっと」と乱れる。雅道は煽られて、膣奥を勢いよく突いた。

「あ、それいいっ。もっとしてぇ」

求めに応じて、パツパツと音が立つほどに股間をぶつける。激しい摩擦が悦びを高め、脳内に快楽の火花が飛び散った。

（うう、出そうだ）

いよいよ危うくなったとき、

「くうう、い、イキそう」

千紗が上昇気流に乗る。雅道もそれに引き込まれた。

「うう、お、おれもいくよ」

「うん、うん……出して。中に――」

その言葉が引き金となり、めくるめく瞬間が訪れる。同時に、彼女も頂上に達した。

「ああ、ああっ、イクイク、イッちゃうぅううっ！」

「おおお、で、出る」

雅道は極上の歓喜にまみれ、多量の精をしぶかせた。女になったばかりの、蜜穴の奥に。

「くぅうーン」

千紗が満足そうに脱力する。裸身をしなやかに波打たせ、歓喜の余韻に表情を蕩かせた。

「中川さん」

荒ぶる息づかいの下から声をかけると、彼女が瞼を開いた。

「……はい？」

「これでもう、電マは怖くないよね？」

肝腎なことを訊ねれば、彼女がうっとりした面差しで答える。

「はい……だけど」

「え、なに？」

「今度は、硬いオチンチンが怖いです」

第四章　イケナイことしよう

1

「ねえ、もっとしっかりくっついてちょうだい」

佐久間利恵《さくまりえ》に言われて、雅道は「う、うん」とうなずいた。戸惑いつつも、彼女に密着する。

ふたりとも着衣だが、女体の柔らかさやぬくみが感じられてどぎまぎする。こみ上げる劣情を悟られぬよう、雅道は懸命に顔をしかめた。

もっともそれは、ひどく寒かったためでもあった。

（ああ、どうしてこんなことになったんだろう……）

ここに至る経緯を振り返り、雅道は密かにため息をついた――。

輸入した食材の数量を点検するよう、雅道は課長に命じられた。本来の担当者が急病で、代役を仰せつかったのだ。

訪れたのは、提携会社が所有する倉庫である。まずは挨拶をと管理棟に出向いたところ、現れた女性に雅道は驚愕した。

「た、高橋《たかはし》さん！」

思わず名前を呼んでしまうと、彼女は訝《いぶか》る面持ちで、

「わたし、佐久間ですけど」

と訂正した。しかし、ひと違いだったわけではない。

「おれ、高校で同級だった浦田だけど」

こちらも名乗ることで、彼女——利恵も思い出したようだ。

「え、浦田君？」

意外だという面持ちで、目をぱちくりさせる。卒業して十八年も経っているのであり、忘れていても無理はない。

一方、雅道はひと目で彼女だとわかった。ずばり好きだったからである。当時は告白する勇気もなく、友達にすらなれなかったけれど。

利恵は早生まれだから、まだ三十六歳のはず。くりくりした可愛い目と、勝ち気そうな濃い眉は昔のままだ。当時はふっくらしていた頬はすっきりして、年相

応に大人びた顔立ちになっていた。

しかしながら、苗字が変わったということは、

（そっか……結婚したんだ）

雅道は落胆した。せっかく再会したのに、すでに他の男のものになっていたなんて。

もちろん、独身なら親しくなれるという保証はない。それでも、彼女の左手薬指に嵌《は》められた指輪が恨めしかった。

同級生だとわかって、利恵も気を許したらしい。口許をほころばせ、「久しぶりね」と懐かしむ表情を見せた。

それにしても、かつて好きだった女性が、提携会社に勤めていたなんて。課長に仕事の代役を命じられなかったら、ずっと知らずにいただろう。

ふたりは高校時代の思い出話をしながら、倉庫へ向かった。点検する食材は、冷蔵庫に保管してあるという。

冷気の満ちた庫内は、巨大コンテナぐらいに広かった。書類を挟んだバインダーを手に、利恵が案内してくれる。

「ええと……あ、これね」

目的のものは、かなり奥まったところにあった。取引先の社名の入った段ボール箱が、身長よりも高く積まれている。

「これを数えるの？」

「うん。だけど、中身まで確認するわけじゃないから、すぐに終わるよ」

「そう。だったら、わたしは外で待ってるわ」

「わかった」

利恵が立ち去るとすぐに、持参した表と照らし合わせながら、積まれた箱の個数を数える。そう時間はかかるまいと、雅道は防寒などしていなかった。

するると、利恵が顔面蒼白で戻ってくる。

「大変。ドアが開かないわ」

「ええっ⁉」

ふたりは急いで入り口に走った。中に入ったとき、少しだけ開けておいたと思うのだが、今はぴったりと閉じられている。

いかにも頑丈そうなドアの取っ手を摑み、雅道はえいと押した。ところが、びくともしない。念のため引いても同じことだった。

「ど、どうして動かないの？」

「さあ……何かのはずみで、ロックされちゃったのかも」

利恵が困惑をあらわにする。彼女もこんな場面に遭遇《そうぐう》するのは初めてらしい。

「外に連絡できないの？」

「インターホンはあるけど、故障中なの」

「あ、だったら――」

雅道はポケットからスマホを取り出した。しかし、画面表示は無情にも圏外を示している。

「ウチの倉庫、有線以外で外部との連絡が取れないように、携帯の電波が遮断されてるのよ」

「ど、どうしてそんなことを？」

「さあ。会社の方針だから」

外に情報が漏れたらまずいような、ご禁制の品でも預かっているというのか。

ともあれ、だったら尚のこと、インターホンを直しておくべきだ。

しかし、今さらそんなことを言っても始まらない。

「このドア以外に、出入りできるところは？」

「ないわ」

雅道は脱力し、へなへなと坐り込んだ。

「そんな……」

かくして、ふたりは巨大冷蔵庫に閉じ込められることとなったのである。

2

思いがけず再会した、高校時代に好きだった女性。すでに人妻なのは残念だが、密室でふたりっきりになれたのである。

とは言え、冷蔵庫に閉じ込められたのだ。少しもロマンチックではない。

床に段ボールを敷き、ふたりはその上でぴったり身を寄せ合った。寒さを凌ぐために。

「ここって何度ぐらいなの?」

雅道は訊ねた。家庭用の冷蔵庫なら、五度ぐらいだと思うのだが。

「確か二、三度に設定されてたと思うわ」

利恵が答える。口許がかじかむのか、声が震えていた。
二、三度というと東京の真冬、それも夜中の気温に等しい。しかも雅道はスーツ姿で、利恵も会社の制服だ。防寒着もなく、このままでは凍死してしまう。

もちろん、外に出ようと試みたのである。しかし、ドアは一ミリも動かない。叩いて助けを呼んでも無駄なこと。体力と気力を消費するだけで終わった。

ここにふたりがいることは、他の社員も知っている。戻らなければ、誰かが様子を見に来るはずだと利恵は言った。

「じゃあ、それまで待つしかないのか……」

雅道は気が滅入《めい》るばかりであった。

嘆いていても始まらない。いつになるのかはわからないが、とにかく助けが来るまで、一分でも一秒でも長く生き延びるしかないのだ。

「ごめんなさい。こんなことになって」

利恵に謝られ、雅道はかぶりを振った。

「いや、高橋――さ、佐久間さんのせいじゃないよ」

つい旧姓で呼んでしまうと、彼女が頬を緩める。

「その名前で呼ばれるの、久しぶりだわ」

照れくさそうに目を細めたものだから、雅道は胸が締めつけられるのを感じた。

（くそ、可愛いなあ）

高校時代に戻って、制服姿の利恵のそばにいるような錯覚に陥る。あの頃のときめきまでもが蘇る気がした。

もっとも、彼女には夫がいる。横恋慕《よこれんぼ》は禁物だ。

「結婚して何年？」

「もう十年になるかしら」

「お子さんは？」

「いないわ」

答えてから、利恵が小さなため息をこぼす。

「旦那は四十を過ぎてから、アッチがめっきり弱くなったし、もう子供は無理かもね」

いきなり露骨な話をされ、雅道はうろたえた。そのため、

「だけど、佐久間さんは昔のまんま美人だし、まだ諦めなくてもいいんじゃないのかな」

などと、脈絡のないことを口にしてしまう。彼女があきれたように目を丸くして、雅道は居たたまれなかった。

（馬鹿か、おれは……）

異性の前で緊張するような年ではない。危機的状況で、何を舞いあがっているのかと情けなくなる。

すると、利恵がブルッと身を震わせた。

「寒いわ」

「だ、だいじょうぶ？」

「……ねえ、抱いて」

濡れた目で見つめられ、雅道は頭が沸騰するかと思った。

（って、妙なことを考えるなよ）

彼女は抱擁で温めてほしいのだ。ここは男として、女性をしっかりと守らねばならない。

両腕を背中に回して抱きしめれば、成熟したボディの柔らかさと、甘い香りに眩惑《げんわく》されそうになる。こんなことで理性を失うなと、雅道は自らを律した。

「まだ寒いわ」

利恵が甘える声でつぶやいた。そして、何かが閃《ひらめ》いたという顔をする。

「ねえ、雪山で遭難したときって、裸になって暖めあうって言うじゃない」

利恵に言われて、雅道はまたも落ち着きをなくした。そうしましょうと提案しているかに聞こえたからだ。

ここは雪山ではなく、巨大な冷蔵庫の中である。けれど動くことができず、凍えそうなのは一緒だ。

ならば、寒さを凌ぐ方法として、それも有りなのか。とは言え、人妻の彼女を裸にするわけにはいかない。

「じゃあ、おれ、脱ごうか？」

我が身を犠牲にして、湯たんぽ代わりになろうと思ったのである。ところが、利恵に「ダメよ」とたしなめられた。

「そんなことしたら、浦田君が死んじゃうわ。だいたい雪山のやつは、テントとか雪洞の中で、毛布とかにくるまるから暖まるんじゃない」

それもそうかと、雅道は己の早合点を恥じた。

「裸にならなくても、こうすれば暖かいわ」

彼女が手のひらでからだをさすってくれる。摩擦熱で体温を上げるつもりなのだ。雅道も同じように、三十六歳の成熟した女体を撫で回した。

（ああ、夢みたいだ）

胸が焦がれるほど好きだった女の子。大人になって、こんなふうに親密なスキンシップができるなんて。

　危険が迫っていることも忘れて、雅道は陶酔《とうすい》の心地であった。撫でる手つきにも情愛が込められる。

「あん……」

　利恵がやるせなさげに喘ぎ、ドキッとする。彼女もまた、愛撫を施される気分にひたっているというのか。乳房とかおしりとか、プライバシーに関わるところは撫でていないというのに。

（でも、感じたみたいな声だったぞ）

　さっき、夫とはご無沙汰であると告白したのを思い出す。久しぶりに男に触れられ、たまらなくなったのかもしれない。

「ねえ、脚もさすって」

　利恵のお願いで我に返る。タイトスカートからはみ出した美脚はストッキングを穿いておらず、鳥肌が立っていた。

「ちょっと待って」

　雅道はいったん身を剝がすと、スーツの上着を脱いだ。それで彼女の脚を覆う。

「浦田君、寒くないの?」

「おれは平気だよ」

本当はワイシャツ姿になるなり、かなり強烈な震えがきたのである。けれど、ここは紳士らしく振る舞わねばならない。

「優しいのね、浦田君」

利恵が感激の面差しで抱きついてくる。お礼のつもりか、背中を強くさすってくれた。

(ああ、いい感じ)

一枚脱いだことで、彼女の手の感触がリアルになる。気持ちよくて、からだが熱くなった。

雅道は掛けた上着の下に手を入れて、ナマ脚を手のひらでこすった。直に触れる肌は、鳥肌も気にならないほどなめらかで、お肉の弾力にもうっとりする。つい夢中になって、気がつけばスカートの中にまで手が侵入していた。

「エッチねえ」

甘い声でなじられて、むちむちした大腿部を撫でていたことにようやく気がつく。

「あ、ごめん」

焦って引き抜こうとすれば、手を内腿でギュッと挟まれた。

「いいのよ。もっとして」

いつの間にか、利恵の頬に赤みが差していた。

3

人妻の太腿は、むっちりして肉厚だ。雅道の手は強く挟まれており、柔らかな弾力とぬくみが悩ましい。

（いや、これだと手が動かせないんだけど）

もっとしてと言いながら、やっていることは真逆ではないか。しかし、これは次の展開へのステップであったのだと、程なく思い知らされる。

「ねえ、いいことがあるわ」

利恵が提案する。

「え、なに？」

「ただからだをさするんじゃなくて、もっと気持ちよくなれるところをさわりあうのよ」

「気持ちよくなれるところって？」

「だから……アソコとか」

彼女が《わかるでしょ？》と言いたげに、軽く睨んでくる。つまり、愛撫を交わそうというのか。

「ど、どうしてそんなことを？」

焦る雅道に、彼女は艶っぽい微笑を浮かべた。

「そうすれば、からだが熱くなって、この寒さにも耐えられると思うわ」

快感と昂奮で肉体を火照《ほて》らせ、難局を乗り切ろうというのか。なるほど妙案だし、雅道は大歓迎であるが、

「だけど、いいの？」

確認したのは、夫に申し訳なくないのかと、気になったからである。

「いいも何も、死んじゃうよりはマシでしょ」

利恵は命と天秤にかけて、不貞も辞さないつもりのようだ。ならば拒む理由はない。

彼女が太腿の力を緩める。せがむ眼差しを向けてきた。

「もっと奥のほうをさわって」

「う、うん」

雅道はコクッとナマ唾を呑んだ。女体の中心に向かって、手をそろそろと移動させる。けれど、未だためらいが強く、カタツムリ並みの速度であった。

「わたしもさわるわね」

利恵も男のからだをまさぐりだす。ワイシャツの裾をズボンから引っ張り出すと、手をインナーの内側に忍び込ませた。

「ひ――」

雅道は身を震わせた。肌に触れた彼女の手が、氷みたいに冷たかったからである。

「あ、ごめんね」

謝りながらも、利恵は腹部から胸板をすりすりと撫でる。柔らかな手が気持ちよくて、冷たさも気にならなくなった。

「ううう」

乳首を指先でこすられ、くすぐったい悦びが生じる。そこはたちまち硬く尖り、クリクリと転がされることで、快感がいっそう大きくなった。

(ええい、佐久間さんがここまでしてくれてるんだぞ)

ならばこっちもと、雅道はスカートをずり上げながら手を進めた。内腿のしっとり感が顕著になり、蒸れたようなぬくみが感じられる。

間もなく、指が布に触れた。

「あん」

利恵が喘ぎ、敷いた段ボールの上で、腰を左右に揺らす。敏感な部分ゆえ、軽くタッチされただけで感じたらしい。

いや、早くさわってと熱望が高まっていたために、鋭敏な反応を示したのではないか。

(おれ、佐久間さんのアソコをさわってるんだ!)

胸が震えるほどの感動がこみ上げる。全身がカッと熱くなった。

高校時代、十代の旺盛な性欲を持て余した雅道は、彼女とのこんな場面を思い浮かべては、幾度も自らをしごいた。ただの妄想でしかなかったことが、こうして現実のものになったのである。

まあ、そのときの利恵は、今と苗字が違ったけれど。

もっと早くこうなりたかったと悔やみつつ、内部を探るように指を這わせる。

パンティの底がじんわりと熱を帯び、明らかな湿り気も感じられた。

（濡れてる……）

少なくとも肉体は、指の愛撫を嫌がっていない。表情にも陶酔が浮かんでいるから、もっとしてほしいのだ。

だったら、徹底的に感じさせてあげよう。

内部の裂け目をなぞるように、指を上下させる。少しずつ力を加えて。

「あ、あっ」

洩れる声のトーンが上がる。太腿がビクッとわななくのもわかった。クロッチの湿りも著しくなる。

「う、浦田君、奥さんは？」

唐突な質問に戸惑いつつ、雅道は「いないよ」と即答した。

「ホントに？　でも上手だわ」

指づかいがお気に召したらしい。結婚もしていないのに、ずいぶん女を泣かせてきたと思われたのだろうか。

それでも、好きだった女性を感じさせられて、雅道は誇らしかった。

「ねえ、硬くなってる？」

熱っぽい口調で、利恵が問いかける。

「え、何が？」

「オチンチンよ」

ストレートな単語を告げられ、ドキッとする。高校時代の彼女が脳裏に浮かび、頭がクラクラするようだった。

美少女だったあの子が、男性器の俗称を平然と口にするなんて。お互い三十代の半ばでも、利恵のことが好きだった雅道には、やはり衝撃であった。

答えられずに黙っていると、彼女がワイシャツの裾から手を抜く。それを下半身に移動させ、ズボン越しに股間を握り込んだ。

「ううう」

雅道は堪えようもなく呻《うめ》き、腰をワナワナと震わせた。寒さで縮こまっていたそこは、淫靡《いんび》な展開に血液を集め、すでにふくらんでいたのである。

それが人妻の手によって、最大限の膨張を示す。ズボンもブリーフもまとめて破りそうな勢いで伸びあがり、ビクビクと脈打った。

「まあ、すごいわ」

感動の声を耳元で聞かされる。じんわり広がる快《こころよ》さと、嗅がされる吐息の甘さも相まって、理性が根っこから揺さぶられる心地がした。

「こんなに大きくなってる。わたしと抱き合って昂奮したの？」

「そ、そりゃそうだよ」

「よかった……」

「え、何が？」

雅道の疑問には答えず、彼女は遠くを見る目になった。

「何だか高校生の頃に戻って、浦田君とエッチなことをしているみたい」

心臓が壊れそうに高鳴る。それはつまり、利恵も自分のことが好きだったという意味なのか。

雅道は都合よく解釈しかけたものの、そうではなかった。

「浦田君のオチンチン、すごく硬いわ。十代の男の子みたいよ」

ペニスの漲《みなぎ》り具合が著しいため、若い男と愛撫を交わしている気分になっただけらしい。

(てことは、あの頃から男を知ってたってことなのか？)

そうでなければ、十代みたいなんて台詞は出てこないのではないか。当時、彼氏がいたなんて話は聞かなかったが、こっそりお付き合いをして、からだの関係も持っていたのでは。

「さ、佐久間さん……」

ショックを受け、泣きそうになって呼びかけると、利恵が首を横に振る。

「下の名前で呼んでちょうだい」

「え？」

「佐久間は旦那の姓だもの。気分が出ないわ」

どうやら独身、いや、いっそ高校時代に戻ったつもりで、淫らなプレイを続けたいようだ。

「り、利恵さん」

「それだと他人行儀よ」

「……利恵ちゃん」

「浦田君、もっとさわって」

そう言うなり、彼女がいきなり唇を重ねてきたのである。

ふに――。

柔らかなものがひしゃげる感触。温かな呼吸を直に感じるなり、舌がヌルリと入ってきた。

「ん……んふ」

利恵が息をはずませ、口内を舐め回す。舌がピチャッと色めいた音を立てた。

遠慮のないくちづけに、雅道は圧倒されるばかりであった。しかし、ようやく意識が追いつく。自らも舌を差し出し、彼女のものに戯《たわむ》れさせた。

（……おれ、利恵ちゃんとキスしてるんだ！）

積年の望みが叶ったことで、全身が熱くなる。昂奮もうなぎ登りであった。

互いの性器に衣類越しで触れながら、深いくちづけを交わす。重なり合った唇から、唾液がこぼれるのもかまわずに。

できることなら、素っ裸になって抱き合いたい。しかし、ここは冷蔵庫の中だ。そんなことをすれば凍死する。

しっかり暖めてあげねばならないのだと思い出し、下着越しに秘苑《ひえん》をいじる。淫靡な蜜を吸ったクロッチが指先を濡らし、かすかな粘つきすら感じ取れた。

「ふはっ」

息が続かなくなったか、利恵が唇をはずす。紅潮した頰と濡れた口許、潤んだ瞳にも熟女の情念が浮かんでいる。

「ねえ、オチンチン、直にさわってもいい？」

おねだりの眼差しに、雅道は脳が沸騰するかと思った。

「い、いいよ」

うなずくと、白くて綺麗な指がベルトを外す。ズボンの前を開き、ブリーフもめくるように下げた。脱いだら凍えるから、最小限の露出である。

それでも、好きだった女性の前で、いきり立ったシンボルを晒したのだ。丸っきり平気でいられるわけがない。

(うう、見られた)

寒さではなく、羞恥で身震いする。

血管の浮いた牡器官《おす》は、赤く腫《は》れた頭部と、段差の際立つエラが、妙に禍々《まがまが》しい。着衣で性器だけを露出したから、そんなふうに映るのだろうか。

もっとも、利恵はむしろ昂《たかぶ》りを覚えたふうだ。コクッと音を立てて唾を呑む。

「こんなになって……元気ね」

はち切れそうな漲り棒に、ためらいもなく指を巻きつける。そこから快さがじんわりと浸透した。

「ああ」

雅道はだらしなく声を上げた。膝が震え、鼻息が荒くなる。

「オチンチン、熱いわ。それに、すごく脈打ってる」

彼女が悩ましげに眉根を寄せる。握られた感触からして、筒肉は汗でベタついているのに、少しも気にならない様子だ。

「り、利恵ちゃん……」

「浦田君のオチンチン、本当に硬いわ。あと、アタマがツヤツヤしてて、とっても綺麗」

女性経験が豊富でないのを見抜かれた気がして、雅道は居たたまれなかった。

最近でこそ、後輩の奥さんや同僚女子、就活の女子学生と立て続けに関係を持った。けれど、それまでは女っ気のない、寂しい毎日を送っていたのだ。

「これ、わたしの理想のオチンチンよ」

はしたないことを平然と口にして、利恵が肉根をゆるゆるとしごく。快感がふくれあがり、雅道は腰をくねらせずにいられなかった。

「ほら、ここのエラのところも、男らしくって素敵」

指の側面が、くびれの段差をくちくちとこすりあげる。挿入されたとき、内部のヒダをかき回されるのを想像しているのか。面差しがやけにいやらしい。

（ああ、おれ、利恵ちゃんにチンポをしごかれてるんだ）

またも美少女だった頃を思い浮かべ、背徳的な悦びにゾクゾクする。彼女が身にまとう事務服も、学校の制服みたいに見えてきた。

とは言え、この指づかいは少女には無理である。男を翻弄《ほんろう》することに長けた、人妻のテクニックそのものだ。

そのため、雅道は上昇を余儀なくされた。分身の脈打ちが著しくなり、鈴口《すずぐち》が透明な露を溢れさせる。

「まあ、お汁がこんなに」

利恵が粘っこいそれを指に絡め、敏感な粘膜をヌルヌルと摩擦する。くすぐったさを強烈にした気持ちよさに、荒ぶる鼻息を抑えられない。

「そ、そんなにされたら、イッちゃうよ」

だらしないとわかりつつ音を上げたのは、今にも爆発しそうなところまで高まったからだ。

「え、もう？」

驚きを浮かべた利恵が、屹立《きつりつ》の根元を強く握る。そのあたりの素早い対処も、経験の豊富さを物語っていた。

おかげで、難局を切り抜けられる。

「利恵ちゃんの手が気持ちよくって、我慢できないんだ」

息をはずませながら告げると、彼女が困惑をあらわにした。

「それはうれしいけど、絶対に出しちゃダメよ」

「え、どうして？」

「イッちゃったら汗をかいて、からだが冷えるじゃない」

暖めあうために始めた愛撫交歓が、それでは逆効果だ。そうすると射精はおあずけのまま、ナマ殺しの状態が続くというのか。

4

「だったら、今度はわたしを気持ちよくして」

利恵が甘えた声でねだる。雅道が触れているクロッチはじっとりと湿り、外側に染みだした粘つきも顕著だ。もう、たまらなくなっているのがわかる。

「う、うん」

雅道は指先を喰い込ませ、下着の中心を強くこすった。

「あ、あっ、きゃふううぅ」

色っぽい喘ぎ声が、冷蔵庫内にこだまする。空気が冷えているせいか、耳にキーンと響くようであった。

「ね、ねえ、直にさわって」

焦れったげに腰をくねくねさせるのは、高校時代に好きだった女性。時を経て、すでに人妻になっていても、愛しさは変わらない。あの頃に戻って、青春をやり直している心地になる。

(今のおれは、利恵ちゃんの彼氏なんだ)

自らに言い聞かせることで、全身の血潮が滾《たぎ》るようだ。

「わかった」

雅道は手探りでクロッチを横にずらした。本当はパンティを脱がせたかったのであるが、それでは彼女が凍えてしまう。着衣のまま続けるしかない。

指先に秘毛が絡む。かき分けて到達した窪地《くぼち》は、温かな蜜をたっぷりと溜めていた。

(うわ、すごい)

そのままヌルッと、指が奥まで入っていきそうだ。そうならぬよう注意深く、淫靡な泉をかき混ぜる。

「くぅーン」

子犬みたいに啼《な》いた利恵が、下肢をわななかせる。軽く触れただけなのに。極限状態のふれあいに昂奮したのか、肉体がいっそう敏感になっているらしい。

ならばと、粘っこいジュースを絡め取り、敏感な肉芽を探索する。

「ああ、そ、そこぉ」

狙いをうまく捉えたようで、甲高《かんだか》い嬌声《きょうせい》がほとばしる。暖かくてかぐわしい吐息が、雅道の顔にふわっとかかった。

（ああ、可愛い）

情愛が募り、雅道は半開きの唇を奪った。今度はこちらから、舌を深く差し入れる。

「むっ、う――むふぅ」

利恵が勃起した男根を強く握り、鼻息をせわしなくこぼす。舌をピチャピチャと躍らせ、甘い唾液をたっぷりと飲ませてくれた。

敏感なポイントをこすられて、彼女は体温が上がったようだ。着衣でも、女体の火照り具合がわかる。

さりとて、絶頂させるわけにはいかない。汗をかいて、からだが冷えてしまう。ちょうどよい快さをキープして、体温を維持せねばならないのだ。

「むううう……ぷはっ」

利恵がくちづけをほどき、熟れたボディをガクガクと波打たせる。昔と変わらぬ美貌が、いやらしく蕩《とろ》けていた。

（あ、まずい）

昇りつめそうなのを察して、雅道はクリトリスから指をはずした。すると、彼女が不満げに頬をふくらませる。

「ああん。どぉしてぇ」

睨まれて、雅道は戸惑った。

「だって、イッたら汗をかくじゃないか」

さっきは利恵が、射精前に手コキをストップしたのである。

「あ――」

自分たちの置かれた状況を思い出したのか、彼女はバツが悪そうに目を伏せた。熟れ腰をモジモジさせたのは、もっと気持ちよくなりたいという意識の表れだったろう。

雅道は可哀想になって、指を濡れた洞窟に侵入させた。

にゅぷ――。

愛液ですべった指が、根元まで一気に入り込む。

「くぅうーン」

利恵がのけ反って呻くなり、蜜穴がキュッとすぼまった。スムーズだった挿入が嘘みたいに、強く締めつけてくる。

（うわ、キツい）

ぴっちりと包み込まれる感触に、雅道は彼女に握られた分身を脈打たせた。指ではなくペニスだったら、どんなに気持ちいいことかと想像したのだ。

（ああ、利恵ちゃんとセックスしたい）

熱望がぐんぐんこみ上げる。挿入できない無念さを紛らわせるように、雅道は指を小刻みに出し挿《い》れした。

まといつくヒダの、プチプチした感触がたまらない。これで亀頭の段差を刺激されたら、たちまち爆発するであろう。

「あ、あ、あ、ダメぇ」

そんなことも考えて昂り、指ピストンの速度があがる。

利恵がハッハッと呼吸をはずませる。下半身がくねり、肉根を縋《すが》るように握った。

「ううう」

雅道は目がくらむのを覚えた。さっき、射精寸前まで高められたせいで、かなり感じやすくなっているようだ。

快感に煽られて、指の出し挿れが激しくなる。それが女体を高みへと至らしめた。

「イヤイヤ、い、イキそう」

膣《ちつ》の締めつけが顕著になり、奥へ誘い込むような蠢《うごめ》きも示す。これはまずいと、雅道は抽送《ちゆうそう》をいったん停止した。

「ああん、もぉ」

利恵がまたも不満をあらわにする。焦れったげに身を揺すり、もっとしてとせがむ眼差しを向けてきた。

(イッたら駄目なのに)

冷蔵庫に閉じ込められているのを忘れたのか。それだけ女体は悦びを求めているようだ。

このまま相互愛撫をしていれば、寒さはしのげそうである。しかし、絶頂できないナマ殺し状態が延々と続けば、いずれ正気を失うかもしれない。

昇りつめることなく、気持ちよさを長くキープできる手立てはないものか。そして、利恵も同じことを考えたらしい。

「ねえ、舐めっこしない？」

「え？」

「アソコをいっしょに舐めあうのよ。それなら気持ちよくなっても、イカずに済むわ」

つまり、シックスナインをしようというのか。

（いや、そんなことをしたら、もっとヤバいんじゃないのか？）

雅道は訝った。手コキよりもフェラチオのほうが、断然気持ちがいいからだ。まして、利恵の秘部に口をつけ、同時にしゃぶられようものなら、昂奮と快感でたちまち爆発するのは目に見えている。

だが、憧れだった女性の、秘められたところを見られるのだ。おそらく、生々しい匂いも嗅げるはず。そう考えたら、拒む理由がなくなった。

「うん、やってみよう」

同意するなり、利恵が腰を浮かせる。スカートをたくし上げると、パンティを尻から剝き下ろした。

少しも迷いなく下半身をあらわにしたのは、急がないと凍えるためだろう。彼女は「ここに寝て」と、口早に命じた。

（うう、色っぽい）

剝き身の熟れ腰に心を奪われつつ、雅道は身を横たえた。床に敷いた段ボールの上で仰向けになると、利恵が逆向きで身を重ねてくる。

（ああ、利恵ちゃんのおしり――）

丸まるとしたヒップが目の前に迫る。ぱっくりと割れた谷底には、縮《ちぢ》れ毛に囲まれた恥芯《ちしん》が見えた。

高校時代、片思いで終わった異性の、秘められた園。時を経て、こうして対面できるなんて。

しかし、雅道が感激できたのは、ほんの束の間だった。さっき膝に掛けてあげた上着で、彼女は裸の腰回りを覆ったのである。

（ああ、そんな）

魅惑の豊臀《ほうでん》が隠れ、女芯《にょしん》付近も影になる。焦って目を凝らした次の瞬間、柔らかな重みが顔面を直撃した。

「むぅ」

口許に湿ったものが密着し、反射的に抗《あらが》う。けれど、強烈な女くささが鼻腔《びこう》を侵略し、雅道は陶然《とうぜん》となった。

紛う方なき美女の秘臭《ひしゅう》。しかも、熟成された趣《おもむき》の酸味が強い、かなり濃密なものだ。

不思議なもので、またも脳裏に浮かんだのは、人妻になった現在の利恵ではなかった。あどけなさの残る、高校生の彼女だったのである。

（これが利恵ちゃんの……）

美少女には不似合いなケモノっぽいパフュームに、かえって劣情がふくれあがる。案外、あの頃もこんな匂いをさせていたのではないか。そんなことを考えて、ますます昂奮する。

「むふふふぅ」

雅道は呻き、太い鼻息をこぼした。利恵に牡の猛りを握られ、亀頭を吸われたのである。

脳天を貫く快美感に、腰がぎくしゃくと跳ね躍る。舌が回り、敏感な粘膜をペロペロと舐められ、呼吸困難に陥りかけた。熟女の陰部で、鼻から口をまともに塞がれていたためもあった。

負けていられないと、雅道も舌を出した。恥割れに差し入れ、粘つきにまみれた内部をほじるようにねぶる。

「ん——んんッ」

利恵が大臀筋《だいでんきん》を強ばらせる。牡の鼻面を、尻の割れ目で幾度も挟み込んだ。

(ああ、美味しい)

粘っこい蜜を貪欲にすすり、雅道は喉を潤した。わずかな塩気も好ましい。もっと飲みたくてたまらない。

利恵のほうも、ペニスをストローに見立てたか、カウパー腺液《せんえき》をチュウチュウと吸った。

閉じ込められた冷蔵庫の中、快感で体温をキープするべく始めたシックスナイン。その効果はなかなかのもので、手でまさぐり合っていたときよりも熱くなってきた。からだをぴったり重ねているのも功を奏したらしい。

(うん。これはいいぞ)

何より、好きだった女性の恥ずかしいところを、今だけは我がものにできるのだから。

しかしながら、油断は禁物である。絶頂して発汗すれば、熱を奪われてしまうのだ。この状況では命取りになりかねない。

　絶対にイカせてはいけないと、肝に銘じながら舌を動かす。敏感なところを狙わず、長く快さにひたれるよう、内側の粘膜を丹念に舐めた。

「むう」

　切なげな呻きが聞こえる。利恵のほうも飴玉をしゃぶるみたいに、亀頭を口内で転がした。しごいたら出したくなるとわかっているようで、根元に巻きつけた指は動かさない。

　彼女が言ったとおり、この調子ならどちらも絶頂することなく済みそうだ。けれど、同じことばかりしていると、さすがに飽きてくる。最初は昂奮させられた生々しい匂いも、クンニリングスを続けた結果、かなり薄らいでいた。

　もう少し、毛色の変わったことはできないものか。考えて、雅道は即座に閃いた。

（あ、だったら）

　肉厚の臀部を両手で割り開く。影になっていても、谷底のツボミはどうにか見て取れた。排泄口《はいせつこう》とは思えない、可憐な佇まいに胸が高鳴る。

（利恵ちゃんのおしりの穴だ！）

　禁じられた部分を暴いた背徳感にまみれながらも、雅道は目が離せなかった。

ヒクヒクと蠢くそこを凝視していると、

「うぅ」

彼女が咎《とが》めるように唸《うな》る。クンニリングスもせず、何をしているのかと訝って いるらしい。

（あ、まずい）

こちらの意図がバレる前にと、雅道は急いでアヌスを舐めた。

ビクッ――。

放射状のシワをひと舐めするなり、熟れ尻がわななく。だが、それ以上の反応はなかった。間違って舌が当たったぐらいに思われたのか。

それをいいことに、チロチロとくすぐるように秘肛《ひこう》を攻める。味らしい味はなく、わずかな塩気が感じられた程度だ。

しかし、雅道には何ものにも代え難い、美味のエッセンスだった。

（ああ、おれ、利恵ちゃんのおしりの穴を舐めてるんだ）

同じことは後輩の奥さんである翔子や、元同僚の真梨香にもした。そのとき以上に胸が躍る。

好きだった女の子の肛門に舌を這わせる。これは男にとって究極の夢ではないのか。ずっとドキドキしっぱなしで、全身が熱く火照る。

「ううう」

呻いた利恵が、とうとうペニスを吐き出した。

「どこ舐めてるのよ、バカ」

遠慮のない罵倒が、むしろ嬉しい。ふたりの距離がぐっと縮まったかに感じられたのだ。

もう何をしてもかまわない気がして、アナルねぶりを続ける。彼女のほうも諦めたか、フェラチオを再開させた。

雅道は大昂奮であったが、利恵の反応はもの足りなかった。くすぐったそうにツボミをすぼめるだけで、喘ぎ声ひとつ漏らさない。翔子や真梨香は、けっこう感じてくれたのに。

（誰でも気持ちよくなるわけじゃないのか……）

いっそ真梨香にしてあげたように、指を挿れてみようか。利恵の直腸内の匂いも嗅いでみたくなった。

しかし、そこまでしたら、さすがに変態と罵《ののし》られるかもしれない。

頃合いを見て秘肛から舌をはずす。それを待ち構えていたみたいに、利恵がペニスを口から出した。

「ねえ、どうしておしりの穴なんか舐めたの？」

ストレートな質問に、雅道は狼狽《ろうばい》した。自分のしていたことが、急に恥ずかしくなったのだ。

「いや、あの……気持ちいいかなと思って」

「てことは、他の女にもしたことがあるのね」

疑問ではなく断定の口調で言われ、否定できなくなる。事実そのとおりだったからだ。

「うん、まあ……」

曖昧《あいまい》に肯定すると、屹立の根元を強く握られる。

「そのひとたちは感じたの？　おしりの穴を舐められて」

「ええと、たぶん」

「だったら、もっとして」

「え？」

「ちゃんと感じるまで、わたしのも舐めてよ」

どうしてそんなことをさせるのかと、雅道は戸惑った。あるいは、アナル舐めで感じさせられた女性たちに、嫉妬したとでもいうのだろうか。

「ほら、早く」

利恵は自らヒップの位置を調節し、雅道の口許を尻割れで塞いだ。さらに、谷底をこすりつけるように振り立てる。

雅道は煽られて舌を出した。尖らせたそれを、秘肛の中心に突き立てる。

ツプッ——。

さんざんねぶられ、柔らかくほぐれていたアヌスが、舌先を受け入れる。ほんの五ミリほどであるが、中に入り込んだのだ。

「キャッ」

利恵が悲鳴を上げる。自ら舐めるよう求めたとは言え、そこまでされるのは想定外だったのか。

しかし、今さらやめろとも言えないようで、呻いて腰を震わせる。高飛車だった彼女が一転、どうすればいいのかわからない素振りを示したものだから、雅道は大いにときめいた。

(ああ、可愛い)

意外と不器用なところに愛しさがこみ上げ、肛穴《こうけつ》を丹念にほじる。その部分が抗うように収縮するのを愉しみながら。

「うう……ヘンタイ」

利恵が声を震わせてなじる。お返しをしようとしてか肉根を含んだものの、すぐに口をはずした。おしゃぶりをする余裕もないらしい。

(感じてきたのかな?)

もう一度舐めるよう命じたのは、気持ちよくなりかけていたためかもしれない。

反応が顕著になったのは、舌を挿入してからだ。ツボミ部分よりも、括約筋《かつやくきん》の輪っかが感じるのかと推測し、舌を小刻みに出し挿れする。

「あ、あああッ」

案の定、艶めく声が返ってきた。女らしい腰回りも、切なげにわななく。

(利恵ちゃんが、こんなにいやらしい子だったなんて)

高校時代の彼女を思い浮かべながら、恥ずかしい穴を悪戯《いたずら》する。お医者さんごっこをしているみたいな、背徳的な昂りがふくれあがった。

おかげで、舌づかいがねちっこくなる。

「ううう、お、おしりぃ」

利恵がペニスに両手でしがみつき、裸の下半身をくねらせる。腰に掛けていた上着がずり落ちて、たわわなヒップがまる出しになった。

それにもかまわず、尻の谷をキュッキュッとせわしなくすぼめる。

（寒くないのかな？）

冷蔵庫内で肌をあらわにしても寒さを感じないほどに、肉体が火照っているというのか。

そのとき、秘苑に当たる顎《あご》がべっとりと濡れていることに、雅道は気がついた。

（うわ、こんなに）

いつの間にか、彼女は多量のラブジュースを溢れさせていたのである。かなり感じているのは間違いない。

しかしながら、さすがに後穴への刺激だけでは絶頂できなかった。むしろ焦れったさだけが募ったようである。

「ね、ねえ、イカせて」

絞り出すようなお願いにハッとする。空耳かと思えば、

「もう我慢できないの。お願い。オマンコを吸ってちょうだい」

利恵があられもない要請を口にした。

「い、いや、でも」

雅道は逡巡した。絶頂して汗をかいたら、冷えて凍えてしまうではないか。それはまずい。

だが、彼女には乗り越えられる算段があると見える。

「だいじょうぶよ。イッたあとに、もっと気持ちいいことをすれば、すぐにからだが暖まるわ」

何を言っているのか、雅道は理解できなかった。すると、強ばりきった分身をゆるゆるとしごかれる。

「クンニでイカせてくれたら、これ、オマンコに挿れていいわよ」

つまり、究極の交わりで暖めあおうというのか。

(利恵ちゃんとセックスができるんだ!)

雅道は俄然《がぜん》やる気になった。

見れば、クリトリスが包皮《ほうひ》を脱ぎ、桃色に艶めく姿を現している。雅道はそこに唇をつけ、ついばむように吸いたてた。

「あひぃいいッ」

利恵が鋭い嬌声を発する。雅道の顔の上で、もっちりヒップをぷりぷりとはずませた。

それにもめげずに食らいつき、敏感な肉芽をしつこくねぶり続ける。程なく、女体が歓喜の高みへと舞いあがった。

「あああ、い、イキそう」

アヌスを舐められていたあいだ、彼女は感じていない様子であった。けれど、愉悦の燃料は少しずつ溜まっていたのではないか。そこに火が点いて、一気に燃えあがったふうだ。

（よし、このまま）

舌をレロレロと律動させ、ピンクの真珠をはじきまくる。指も蜜苑《みつえん》に添えると、濡れ穴に深々と突き立てた。

「おおお」

利恵がのけ反り、裸の下半身を震わせる。臀部の筋肉が幾度も強ばり、いよいよなのだと教えてくれた。

（よし、イケ）

指ピストンとクリ責めで、人妻に快感を与える。愛撫を交わしても絶頂できず、ずっと焦らされた状態だったため、かなりの高波が生じたらしい。

「イヤイヤイヤ、い、イクッ、イクッ、あああああっ！」

猛《たけ》るペニスに両手でしがみついた利恵が、盛大なアクメ声を冷蔵庫内に響かせる。熟れたボディを小刻みに痙攣《けいれん》させたあと、ぐったりと力尽きた。

「ふはっ、ハッ——はふ」

雅道の股間に顔を伏せ、深い呼吸を繰り返す。熱い息で鼠蹊部《そけいぶ》が蒸らされるのを感じた。

(おれ、利恵ちゃんをイカせたんだ)

片思いで終わった高校時代のリベンジを、雅道はようやく果たせた気がした。

俯せでいるのがつらくなったか、利恵が脇に転がる。仰向けになり、胸を上下させた。オルガスムスの余韻が長引いているようで、剝き身の腰回りを時おりピクッとわななかせながら。

(うう、エロすぎる)

煽情的な光景に見とれる雅道であったが、むっちりした太腿に鳥肌が立っているのを発見し、まずいと焦る。昇りつめて汗をかき、からだが冷えたのだ。

『イッたあとに、もっと気持ちいいことをすれば、すぐにからだが暖まるわ

──』

彼女に言われたことを思い出す。クンニリングスで絶頂させられたら挿入していいと、許可をもらっていたのである。

5

（おれ、利恵ちゃんとセックスするんだ）

少年時代の夢が叶おうとしている。雅道はズボンとブリーフを膝までおろした。せっかく交わるのだから、股間だけでも肌を重ねたかったのだ。

あらわになった尻に冷気を感じる。仮に凍え死んでも本望だと思いつつ、愛しさを胸に利恵と身を重ねた。

肉槍《にくやり》の根元を握り、穂先で恥芯をこする。温かな粘りがクチュクチュと音を立てた。

（よし、これならいいぞ）

充分に潤っているのを確認し、雅道は慌ただしく腰を沈めた。

「あふぅううう」

人妻が首を反らし、長く尾を引く喘ぎをこぼす。予告せずに挿れたから、ひょっとしてまずかったのかと焦ったが、咎められることはなかった。抵抗なく侵入した牡の欲棒に、柔らかなヒダがぴっちりとまといつく。指を挿れたときと同じように。

（ああ、入った）

ペニス全体を暖かく濡れたもので包み込まれ、雅道はうっとりして目を閉じた。快さが全身に染み渡るようだった。

得られたのは、肉体的な満足感ばかりではない。高校時代に好きだった子と十数年ぶりに再会し、こうしてひとつになれたのである。その感激も悦びを高めてくれた。

「ああーン」

利恵が悩ましげに眉根を寄せ、総身をブルッと震わせる。冷気のせいばかりでなく、体内で脈打つ逞《たくま》しいモノに、成熟したボディが反応したようだ。

「あん、いっぱい……」

つぶやいた彼女が瞼を開く。目がトロンとしているのは、クンニリングスで昇りつめた直後だからだろう。

「しちゃったね、おれたち」

感動を込めて告げると、利恵が「ええ」とうなずく。彼女は両脚を掲げて、雅道の腰に絡みつけた。それにより、繋がりがいっそう深くなる。

「おお」

雅道はたまらずのけ反り、身をよじった。締めつけが強まり、目の奥に快感の火花が散ったのである。

（うう、まずい）

利恵にしごかれ、さっきはかなりのところまで高まった。ところが、射精して汗をかいたらからだが冷えると、寸前でストップされたのだ。早く出したくて焦れていたから、挿入だけで危うくなったのも無理はない。

せっかく結ばれたというのに、早々に果てては男がすたる。それに、彼女をたっぷりと感じさせ、寒さを凌がねばならないのである。

とりあえず落ち着かなければと、雅道は艶めく唇を奪った。

「ンふぅ」

利恵も鼻を鳴らして歓迎する。舌を差し入れると、彼女も自分のものを与えてくれた。

舌がねっとりと絡み合う。くちづけはさっきもしたけれど、性器でも交わっている今は、心まで通い合うようだ。全身が熱くなり、動かずとも肉根が雄々しく脈打った。

(こんなに気持ちのいいキスって、初めてかもしれない)

陶酔の心地で、愛しいひとの吐息と唾液を味わう。すでに人妻であっても、今だけは自分の女だと信じられた。

雅道は無意識のうちに、腰を前後に振っていた。火照った肉体が、さらなる悦びを欲したのである。

「んんッ、ンうう」

利恵が呻き、鼻息をこぼす。緩やかな抽送でも、蜜穴を抉《えぐ》られ感じているのだ。

ニュル……ちゅぷ——。

愛液ですべる膣壁が、カリ首の段差を刺激する。目のくらむ快感に、雅道は息が続かなくなった。

「ふは——」

唇をはずし、大きく息をつく。途端に、快美の震えが手足の先まで行き渡った。

（あ、まずい）

歯を食い縛り、絶頂の波を懸命に追い払う。どうにか危機を脱し、雅道は呼吸をはずませた。

「え、どうしたの？」

「ごめん……イキそうになったんだ」

白状すると、利恵が戸惑いをあらわにする。

「早くない？」

ストレートな問い返しが耳に痛い。

「だって、利恵ちゃんの中が、すごく気持ちよくって」

雅道の弁明に、人妻は眉をひそめた。

「それはうれしいけど、オチンチンを挿れたばかりなのよ」

もっと長く愉しみたいのにと、不満をあらわにされる。さっきも射精寸前でストップされ、たまらなくなっていたのを忘れたのだろうか。

仕方なく、雅道は秘めていた想いを打ち明けた。

「あのさ、おれ、高校のとき、利恵ちゃんが好きだったんだ」

「え、そうなの？」

本気で驚いた様子だから、気づいていなかったのだ。

「うん。だから余計に昂奮して、我慢できなくなったんだ」

いきなりの告白に、利恵は困った顔を見せた。夫のいる身ゆえ、他の男に好きだと言われても、素直に喜べないのであろう。

（それに、たまたまこういう関係になっただけで、おれのことなんて何とも思ってなかったんだろうし……）

卑屈になりかけた雅道であったが、不意に彼女がニッコリと笑ったものだから面喰らう。

「よかった」

「え、何が？」

「そりゃ、エッチするだけでも気持ちいいけれど、どうせするのなら、わたしを愛してくれるひととしたいじゃない」

色っぽい目で見つめられ、胸が高鳴る。利恵のほうも好きだと言ってくれたわけではないのに、無性に嬉しかった。

すると、彼女が気まずげに口許を歪める。

「……あのね、ここに閉じ込められたっていうの、実は嘘なの」

「え、どういうこと?」

「扉はちゃんと開くの。動かないように、わたしがロックしたのよ」

「いや、どうしてそんな——」

「ほら、冷蔵庫に閉じ込められて、凍えそうな状況で抱き合うのってスリルがあるじゃない。前からやってみたかったのよ」

つまり、刺激的なセックスをするために、密室のシチュエーションをこしらえたというのか。

「それに、浦田君に会って懐かしかったし、まったくの他人よりは、昔の友達のほうがエッチも燃えるものじゃない。これってチャンスだと思って」

雅道を冷蔵庫へ案内することになったのも、利恵は好機と捉えたようだ。結果として騙されたわけだが、雅道は少しも腹が立たなかった。なぜなら、他ならぬ彼女から、白羽の矢を立てられたのだから。

「怒った?」

上目づかいで訊ねられ、首を横に振る。

「ううん。利恵ちゃんと抱き合えたんだもの。相手に選ばれて、むしろ光栄だよ」

安堵の面持ちを見せた利恵が、悪戯っぽく目を細める。

「ねえ、高校生のとき、わたしとエッチしたかった？」

「そりゃ、もちろん」

「ひょっとして、おしりの穴も舐めたいって思ってたの？」

「いや、さすがにそれはないよ。舐めたのは、利恵ちゃんのおしりの穴が可愛かったからだよ」

「バカ」

優しく睨まれて、愛しさがこみ上げる。雅道はもう一度、彼女にくちづけた。

唾液をたっぷり飲みあってから唇をはずすと、利恵は頬を赤く染めていた。上気した面差しに、熟女の色気が溢れている。

「ねえ、一度出しても、それで終わりじゃないんでしょ？」

「え？　ああ、うん」

「続けてできるのなら、このまま中でイッてもいいわ」

かつての美少女が、妖艶《ようえん》にほほ笑んだ。

「え、いいの？」

中出しを許可されて、雅道は確認せずにいられなかった。嬉しくも信じ難かったのだ。

「いいわよ。できれば抜かないで、そのまま続けてね」

「わかった」

決して安請け合いではなかった。かつて好きだった女の子と、時を経て結ばれたのである。二度どころか、三度だってできるに違いない。

雅道はふうと息をつき、腰振りを再開させた。

ぢゅぷ——。

愛液をたっぷり溜めていた膣が、粘っこい音をこぼす。

（うう、たまらない）

粒立ったヒダに、敏感なところを余すことなく刺激され、腰がガクガクと震える。早くも熱いトロミがせり上がってくるのを感じた。

（ええい、出してもいいって言われたんだ）

我慢する必要はないと、リズミカルなピストンを繰り出す。

「あん、あん、感じるぅ」

利恵のよがり声にも神経を甘く蕩かされ、たちまち限界が迫ってきた。

「おれも気持ちいいよ。イッちゃいそうだ」

「いいわ。イッて。白いの出して」

「うん。い、いくよ」

呻くように告げるなり、頭の中に白い靄《もや》がかかる。

「ううう、出る」

歓喜に巻かれて、雅道は牡の樹液をドクドクと放った。

「ああーン」

のけ反った人妻が、裸の下半身を揺すり上げる。膣奥にほとばしりを感じたのだろうか。

（うわ、すごく出てる）

射精しながら、雅道はしつこく抽送を続けた。過敏になった亀頭がヌルヌルとこすられ、強烈なくすぐったさで腰が砕けそうになったのもかまわず。

望みどおりに利恵を感じさせねばと、忍耐を振り絞る。おかげで、ペニスは萎えることなく硬度を保ち、快感も落ち着いてきた。

代わって、彼女が乱れだす。

「いやぁ、あ、すごいのぉ」

ザーメンを注がれた蜜穴をかき回され、悩乱の声を上げる。グチュグチュと泡

立つ音が、雅道の耳にも届いた。それが何らかの錯覚を生じさせたのか、

「くうう、お、オマンコが溶けちゃうぅ」

利恵があられもないことを口走る。

(いやらしすぎるよ……)

頭がクラクラするのを覚えつつ、彼女を一心に責め苛《さいな》む。もはや寒さなどまったく感じず、むしろ暑いぐらいだ。

事実、ふたりともじっとりと汗ばんでいた。

腰に絡みついていた彼女の両脚を、雅道は肩に担いだ。女体を折りたたみ、いっそう激しく肉根を出し挿れする。

「ああ、あ、いい。オチンチン、すっごく硬いのぉ」

深く抉られ、歓喜にすすり泣く人妻。成熟したボディがわななき、内部がせわしなく収縮するのがわかる。もうすぐだ。

「おれもいいよ。利恵ちゃんのオマンコ、最高だ」

「ううう、も、イキそう」

利恵が極まった声を洩らす。射精して間もない雅道は、まだ余裕があった。

(よし、何度だってイカせてやる)

ふんふんと鼻息をこぼしながら、腰をほぼ真上から叩きつける。パツパツと湿った音が立ち、陰部に飛沫《しぶき》を感じた。

「あ、イク、イクッ、くうううーっ」

熟れた女体が、ビクビクと痙攣する。

昇りつめた彼女を、雅道は間を置かずに蹂躙《じゅうりん》した。「ダメダメ」と悲鳴を上げるのもかまわず、長いストロークで剛棒を抜き挿しする。

「いやぁ、もう、い、イッたのにぃ」

利恵が声を詰まらせ気味によがる。絶頂して尚かつ攻められるのは、苦痛と紙一重の快感なのではないか。それこそ、射精したばかりのペニスをしごき続けられるのと一緒で。

なのに、抽送をやめなかったのは、もっと乱れるところを見たかったからだ。

「あっ、あふ――ふふふふぅ」

よがり声のトーンが変わる。裸の下半身も、電撃を浴びたようなわななきを示した。

「だ、ダメ……またイッちゃう」

呻くように予告した直後、女体がぎゅんと強ばった。膣の締まりが、これまで以上に強烈になる。

「あうう」

雅道はたまらず声を洩らした。

「う――ううっ……ふはぁ」

深く息を吐き出し、利恵が脱力する。派手な声こそ出さなかったが、肉体の深部で感じたことが窺えた。

（もう無理かな？）

あとはいくら膣奥を突いても、顕著な反応がない。むしろ苦しそうだったので、雅道は肩に担いだ脚をはずした。

ぐったりして手足をのばし、胸を大きく上下させる彼女は、満足しきった面差しを見せている。しかし、雅道はまだなのだ。

（これ以上したら嫌がるかな？）

懸念はあったものの、もはや収まりがつかないところまで高まっている。申し訳ないとは思いつつ、雅道は寒くないように身を重ね、遠慮がちにピストン運動を続けた。

「ん……うぅ」

最初はうるさそうに顔をしかめていた利恵であったが、次第に表情が和らいでくる。呼吸もはずみだした。

（また感じてきてるみたいだぞ）

折り畳まれていたからだをのばしたためか、ゆったりと上昇しているようである。絶頂後に緩んだ締めつけも、また強まってきた。

これはいいと、雅道は腰の動きを速めた。

「あ、あ、あん」

利恵が喘ぎ、身をくねらせる。再び頂上へと向かいだした。

「うう……浦田君、元気すぎるわ」

肉体の反応とは裏腹に、やるせなさげになじる。続けざまに昇りつめたあとで、またもイッてしまいそうだから、照れ隠しなのだろう。

「だって、利恵ちゃんとエッチするのが、おれの夢だったんだもの」

好きだったことを理由にすると、彼女が頬を赤らめる。愛される喜びにひたり、快感がいっそう高まっているようだ。

「だったら、ちゃんと告白してくれればよかったのに」

不満げに言われて、雅道はドキッとした。では、勇気を出して好きだと告げたら、彼氏になれたのであろうか。

しかし、それは甘い考えだったらしい。

「そうすれば、一度ぐらいならさせてあげたのに」

悪戯っぽい笑みを浮かべられ、がっかりする。からだは許しても、付き合うだけの価値はなかったというのか。

もっとも、すぐに「冗談よ」と打ち消したから、させてあげたというのも照れ隠しだったようだ。

(昔のことはいいさ。今は、おれだけの利恵ちゃんなんだから)

今度はふたりで頂上に至るべく、リズミカルに腰を振る。

「あっ、あン、またよくなりそう」

人妻の美貌がいやらしく蕩ける。成熟したボディが波打ち、柔肌が熱を取り戻した。

唇を重ねて舌を絡ませ合い、性器でも深く交わる。この上ない一体感の中、雅道も順調に高まった。

「気持ちいい……も、イッちゃいそう」

利恵がアクメを予告する。引き込まれて、雅道も急上昇した。

「おれも、もうすぐだよ」

「ね、いっしょに」

「うん」

「ああぁっ、ダメッ、イッちゃう」

ガクガクと身を揺する彼女を押さえ込み、一心に蜜穴を穿《うが》つ。めくるめく歓喜に巻かれ、腰づかいが不安定になった。

「うう、利恵ちゃん、いくよ」

「わたしも……あ、あぁっ、イクイク、イクのぉおお!」

歓喜の極みで痙攣する女体の奥に、雅道は濃厚なエキスをドクドクと注ぎ込んだ。これで打ち止めとばかりに、ありったけの量を。

(最高だ――)

ぐったりして利恵に身を重ね、オルガスムスの余韻にひたっていると、

「ねえ、またエッチしようね。今度は、もっとスリルのある場所で」

利恵が甘える声でねだった。

いったいどこでするつもりなのか。不安に駆られつつも、雅道は「いいよ」と答えた。

第五章　せきにんとってね

1

高校時代に好きだった女の子と再会し、肉体関係も持ったのである。すでに人妻であるとは言え、またしましょうねと誘われたのだ。当然、次もあるものと確信していた。

ところが、待てど暮らせど、利恵からの連絡はなかった。

電話番号やアドレスは交換したものの、夫はかなり嫉妬深いため、スマホの履歴なども頻繁にチェックするという。そのため、雅道のほうから連絡しないよう、念を押されたのである。夫婦でいるときに着信などあったら、確実に怪しまれるからと。

よって、雅道は待つより他なかった。ところが、一週間が過ぎ、二週間が過ぎても、何のメッセージも送られてこない。

そうなると、またしましょうねなんていうのは、単なる儀礼的な言葉だったのかと思えてくる。取引先に、また飲みましょうと言うのと一緒で。

いや、端っから次の機会を持つつもりなどなかったのではないか。

(こっちから連絡するなっていうのも、旦那が嫉妬深いからっていうわけじゃなくて、あれっきりにしたいってことなんじゃないか?)

だったら、連絡先を交換しなければよかったのだ。もっとも、それだとこれっきりだという態度があからさますぎるから、曖昧《あいまい》のまま終われるようにと考えた可能性がある。

そもそも、利恵はスリルのあるセックスを求めていた。だからこそ、久しぶりの再会を利用し、冷蔵庫内での行為に至ったのである。

危機的状況であることに加え、知っているけれど親密ではない相手というのも、都合が良かったのだ。さすがに雅道が高校時代に好きだったというのは、想定外だったろうが。

ともあれ、一度関係を持ってしまえば、次はどんな場所、どんなシチュエーションを選んでも、最初ほどのスリルは味わえまい。

あの日、冷蔵庫に閉じ込められたのは利恵が仕組んだことであったが、こちらがどう出るかわからないから、彼女も愉しめたのである。ふたりとも目的を理解していたら、あとは単なるお芝居というか、プレイにしかならない。それでは本当の快感は得られないだろう。

よって、利恵と再び抱き合えることはない。雅道はそう結論づけた。

ただ、彼女は夫とセックスレス気味みたいなことを言っていた。スリル云々を抜きにして、欲望解消の相手に呼んでもらえる可能性は残されている。あとはそれに期待するしかなさそうだ。

とにかく、当分はオナニーで我慢するしかない。雅道は気落ちした。

もっとも、もう十年近くも、そんな生活が当たり前だったのである。後輩の奥さんや同僚、就活生に高校時代の同級生と、立て続けにいい目にあってきたものだから、幸運が重なっただけだと思えなくなってしまったのか。

そもそも自分は、うだつの上がらない独身サラリーマンなのだ。独り寂しく自家発電にいそしむのがお似合いだと、いささか自虐的になった雅道である。

ところが、さらに二週間ほど過ぎたある晩、思いも寄らない人物から連絡があった。

『浦田さんですか？　わたし、千紗です。中川千紗』

就活で会社に来た、女子学生からの電話だった。

医務室で関係を持って以来、連絡を取っていなかったから、突然のことに雅道は驚いた。正直、電話番号を教えたことも忘れていたのだ。

「ああ、ど、どうも」

十歳以上も年下を相手にうろたえてしまったのは、処女を奪った負い目があるからだ。

あれが胸ときめく最高のひとときだったのは、紛う方なき事実である。けれど、雅道はあとでまずかったと悔やんだ。

電マの快感に取り憑《つ》かれ、真っ当な生活を送れなくなっていた彼女を救うためという名目ながら、ファーストキスからバージンまで、彼女のすべてをいただいたのだ。あれは明らかにやり過ぎだった。

いや、救うためなんて名目すら、己にとって都合がいいように解釈しただけのこと。実際は、欲望のままに若いからだを弄《もてあそ》んだだけではなかったのか。雅道は自己嫌悪にも陥った。

そもそも、セックスの歓びを知ったからといって、電マに見向きもしなくなる保証なんてない。むしろ、肉体がいっそう快楽を求めるようになる恐れがある。

そうなったら、再び電動マシンの威力に縋《すが》るか、あるいはセックスのために男漁りをするようになるかもしれない。つまり、前途洋々たる女子学生を快楽の淵に突き落とし、人生を滅茶苦茶にしたのである。

そんなふうに悪く考えていたものだから、千紗からの突然の電話も、いったいどうしてくれるのかと、恨み辛みを述べられるに違いないと思ったのだ。

『あの……お久しぶりです』

「ああ、うん」

『その節は、お世話になりました』

礼儀正しい言葉遣いも、厭味のように聞こえてしまう。絶対に責められるのだと、雅道は決めつけていた。

そのため、

『突然お電話なんかして、申し訳ありません。実は、浦田さんにお願いしたいことがあるんです』

「え、お願い？」

何だか思っていたのと違うようだ。いや、まだ油断できないぞと、雅道は身構えた。すると、

『わたし、内定が決まりそうなんです』

明るい口調で告げられたものだから、反射的に、

「あ、そうなんだ。おめでとう」

と、お祝いを述べる。そこに至って、どうやら償いを求められるわけではなさそうだとわかった。

『ありがとうございます。でも、決まりそうなだけで、まだ最後のテストが残っているんです』

「え、テスト？」

入社試験なら、最後はだいたい面接ではないのか。雅道は首をかしげた。

「それってウチの会社じゃないよね？」

『はい。別の会社です』

そうすると、一緒に働けるわけではないのか。ついさっきまでビクビクしていたのに、千紗に敵意がないとわかった途端、残念だなと思う。同じ会社だったら、またいやらしいことができるのにと、下心を抱いたからだ。

『それで、浦田さんにご協力をお願いしたいんですけど、よろしいですか？』

「まあ、おれにできることなら、いくらでも手伝うけど」

『本当ですか？　ありがとうございます』

はずんだ声で礼を述べられ、嬉しくなる。あんなことをしたのに頼ってくれて、心から安堵したためもあったろう。

「それで、何をすればいいの？」

『会ったときにご説明します。明日の夜って空いてますか？』

「ああ、もちろん」

恋人もいない独身男に、アフターファイブの予定などあるはずがない。

『じゃあ、××駅の東口改札の前で、午後六時にいかがですか？』

「了解」

『ありがとうございます。それじゃあ、明日、よろしくお願いします』

電話を切ったあとも、雅道は頬が緩みっぱなしだった。また千紗に会えるのかと思うと、心が沸き立つようであった。

（××駅の東口って、繁華街のほうだよな）

そちらにはラブホテルもある。夜に会うということは、彼女もオトナの遊びを期待しているのではないか。

（ていうか、テストがどうのっていうのも、ただの口実かも）

もう一度抱いて欲しいとおねだりするのが恥ずかしくて、会うための用件をでっち上げたとも考えられる。

若い娘らしい恥じらいに、情愛がふくれあがる。きっとそうだと決めつけて、雅道はひとりニヤニヤした。医務室での淫行を、後悔したことも忘れて。

2

改札口を抜けると、雅道はすぐに千紗を見つけた。彼女はあの日と同じリクルートスタイルだったのだ。違っているのはナマ脚ではなく、ベージュのストッキングを穿いていることぐらいか。

「わざわざすみません。ありがとうございます」

丁寧にお辞儀した女子学生に、雅道は「いやいや」と掌を向けた。他人行儀にされるのが、妙に居たたまれなかったのだ。

「ところで、晩ご飯ってまだですよね？」

「ああ、うん」

「先にどこかでお食事しませんか？」

「そうだね」

ふたりは連れ立って駅を出た。繁華街のほうに向かい、手近にあったチェーンの居酒屋に入る。ここがいいと、千紗が言ったのだ。

その店へ来るまでのあいだも、テーブルに着いたあとも、雅道は落ち着かなかった。周囲の目が気になったのである。

(おれたちって、どんなふうに見られてるんだ?)

明らかに就活生という初々しい娘と一緒にいるのは、風采《ふうさい》の上がらぬアラフォーのサラリーマン。親子というほどの年の差ではないし、きょうだいはもっと無理がある。もちろん、恋人同士とは思われまい。

おそらく、会社の人事担当者が権力をちらつかせ、いたいけな女子学生を弄ぼうとしているかに映るのではないか。若い肉体を弄んだのは事実であり、どうも気まずい。

救いなのは、千紗が屈託のない笑顔を見せていることだ。

「何を飲まれますか?」

「ええと、生ビールを」

「じゃあ、わたしもお付き合いしていいですか?」

「もちろん」

「ありがとうございます」

彼女は慣れた手つきでタブレットを操作し、飲み物や食べ物を注文した。

「友達と、こういう店でよく飲むの？」

訊ねると、千紗は恥ずかしそうに首を縮めた。

「よくってことはないですけど、たまに。このチェーン店は大学の近くにもあるから、何度か利用したんです。安くて美味しいので」

間もなく、生ビールがふたつ運ばれてくる。ふたりはジョッキを軽くぶつけて乾杯した。

「ところで、内定のためのテストって、どういうやつなの？」

思い出して質問すると、千紗が首を小さく横に振った。

「それはまだ……」

「え、まだって？」

「もう少しお酒が入らないと話せません」

彼女の頬が、少し赤らんでいる。早くも酔ったわけではなく、羞恥のあらわれのようだ。

つまり、アルコールの力を借りないと話せないような内容なのか。

（あ、ひょっとして、内定をもらうのにお金がかかるっていうんじゃ――）

他に頼れる者がおらず、借金を申し込むために呼び出したのではないか。独身なら貯金もあるだろうと。それならば、恥ずかしくて酔ってからでないと話せないのもわかる。

もっとも、内定のためにお金を要求するなんて、明らかに詐欺である。騙される前に、きちんと教えてあげねばならない。

（会社の名前とか、事業内容とか、あとでちゃんと聞かなくちゃな）

いかにも純朴そうだから、悪いところに引っかかったのだろう。

とは言え、雅道とて、そういう子の初めてを奪ったのである。悪徳業者と同じ穴のムジナとも言える。

罪悪感がぶり返し、言葉少なになる。そのため、一時間ほどその店で過ごしたのであるが、会話はあまりはずまなかった。

結局、詳しい話を聞かされることなく、店を出る。借金の申し込みではなさそうだった。

千紗は生ビールを二杯と、酎ハイも一杯空にした。同じぐらい飲んだ雅道はほろ酔い程度ながら、彼女のほうはけっこうアルコールが回っているようだ。

「こっちです」

と、わずかにフラつく足取りで、年上の男を誘導する。飲み屋の並んだところを抜け、明かりの少ない路地に入った。

（まさか――）

雅道はもしやと危ぶんだ。同時に、あやしい期待も高まる。この方角に何があるのかを知っていたからだ。

果たして、千紗が「ここです」と先に入った場所は、ラブホテルであった。

（じゃあ、やっぱり、内定を得るためのテストがどうのっていうのは、作り話だったんだな）

単純にセックスがしたかっただけなのだ。さすがにそれだと誘いづらく、口実をこしらえたに違いない。居酒屋に入ったのも、酔って度胸をつけるためだったのだろう。

ロビーの壁には、各部屋の写真が表示されている。その下に部屋番号とボタンの並んだ操作パネルがあり、好きなところを選べるようになっていた。

「ここを押せばいいんですよね？」

千紗が訊ねる。雅道と交わるまでは処女だったのであり、ラブホテルに入るのは初めてなのだ。

「それでいいはずだよ」

雅道とて、こんなところは数えるほどしか入ったことがない。それでも、いちおう経験があるぶん、何も知らない女子学生に教えてあげられた。

空き室はいくつかあったが、千紗は一番シンプルな部屋を選んだ。ボタンを押すとチャイムが鳴り、天井付近の矢印が点灯する。自動で案内してくれるシステムのようだ。

それに従ってエレベーターに乗ると、何もしなくても目的の階で止まる。廊下に出ると床の矢印が点灯し、難なく部屋に到着した。

頑丈な鉄製のドアを開け、中に入れば、そこはもう男と女のための空間だ。清掃後に撒いたであろう消臭スプレーの残り香すら、どことなく淫靡《いんび》に感じられる。

「へえ、こんなふうになってるんですね」

千紗は室内を興味深げに眺め、入り口近くに表示されてあったチェックインとチェックアウトの説明なども、丁寧に読んだ。あるいは緊張しているのを悟られまいとしているのか。

すでに発情モードになりつつあった雅道は、早く彼女を抱きしめたいと焦れていた。

（ええい、もう）

さっさとベッドの脇に進み、スーツの上着を脱ぐ。ネクタイもはずし、脇にあったソファに置いたところで、千紗がやって来た。雅道を見て、

「じゃあ、全部脱いでください」

さらりと告げられたものだから、（え？）となる。どことなく他人事のようというか、一緒に快楽を求め合う雰囲気が感じられなかったのだ。

それでも、行為に及ぶには脱がねばならない。先に脱げば彼女も続くのだろうと判断し、ズボンにワイシャツと、身に着けているものを次々と取り去った。

ところが、最後の一枚を残す段になっても、千紗はジャケットすら脱がなかったのである。

「え、何をするの？」

どうも様子がおかしいと訊ねれば、彼女はきょとんとした顔を見せた。

「言ったじゃないですか。内定のためのテストがあるって」

では、そのためにわざわざ、ラブホテルに入ったというのか。

「いや、テストってどういうの？　ていうか、中川さんが内定をもらえそうだっていうのは、何の会社？」

疑問を続けざまに口にしたものの、千紗は答えなかった。代わりに、バッグから紙袋を取り出す。

中に入っていたのは、ふたつの品物だ。ひとつは半透明のボトルに入った液体。もうひとつは肌色で、筒状の柔らかそうな物体だった。

（え、これって――）

ボトルのほうは見覚えがある。ローションだ。それも、アダルト方面で使用されるタイプのもの。

それとセットなのだとすれば、肌色の物体は間違いなくオナニー用のホールである。男性がひとりで快感を得るための玩具で、俗にオナホと呼ばれる。

（どうして中川さんがこんなものを？）

女性用のローターなりバイブなりを持参したのなら、まだわかる。どうして男の自慰用品を持っているのか。

「わたし、アダルトグッズを開発する会社に入る予定なんです」

千紗の唐突な宣言を、雅道はさほど驚くことなく受け入れられた。むしろ、快楽に対する好奇心が旺盛な彼女には、ぴったりだと思った。

「浦田さんにエッチの気持ちよさも教えていただいたんですけど、わたし、快感の基本はやっぱりオナニーだと思うんです。オナニーでしっかり気持ちよくなって初めて、エッチの良さもわかるんだってことを、わたしは浦田さんに教えられたんです」

そんなことをレクチャーしたつもりはかけらもなかったから、雅道は戸惑った。まあ、本人がそう言うのだから、こちらが否定できるようなものではない。

「それでアダルトグッズの会社に？」

「はい。調べたら、女性向けの商品もけっこうあるんですけど、それってエッチのときに男性が女性に使うものが多くて、女性がひとりで愉しめるものって、あまりないような気がしたんです。だから、そういうものを開発したいんです」

なかなか立派な心掛けだと思うものの、だったらどうして、オナホを持っているのかがわからない。

「じゃあ、それは？」

バッグから出したものを指差して訊ねると、千紗が説明する。

「これがテストなんです。使い心地をレポートにまとめるっていうのが」

そういうことかと、雅道はようやく理解した。

「じゃあ、これをおれで試すってこと？」

「はい。わたしにはオチンチンがありませんので」

当たり前のことをさらりと口にされ、返答に詰まる。

（ていうか、女の子になんて課題を出すんだよ？）

せめて女性用のオモチャをレポートさせるべきではないのか。もっとも、どれだけやる気があるかを見極めるために、わざと達成困難なテーマを与えた可能性もある。

「ですから、全部脱いでください」

改めてお願いされ、雅道は渋々ブリーフを脱いだ。この期に及んで断るわけにはいかず、協力するしかない。あのとき、さんざん辱めた負い目もあるのだ。

ただ、てっきりセックスができるものとばかり思っていたから、落胆は隠せなかった。

「ここに寝てください」

言われて、掛け布団を剝いだベッドに身を横たえる。股間を両手で隠していたのは、自分だけが素っ裸で居たたまれなかったからだ。

(中川さんも脱いでくれないかな)

そうすれば、もっと楽な気分で応じることができるのに。

「あ、シャワーを――」

いったんこの場を逃れようと、身を起こしかけた雅道であったが、

「必要ありません」

千紗にぴしゃりと撥《は》ねつけられる。さらに、股間の手も払われてしまった。

(うう、そんな)

牡《おす》のシンボルがあらわになる。部屋に入ったときには気が昂《たかぶ》り、ズボンの前を突っ張らせていたのである。

ところが、予想もしなかった展開に、今は平常状態に戻っている。余り気味の包皮《ほうひ》が亀頭を半分以上も隠しており、みっともないことこの上ない。

「ふふ、可愛い」

ひと回り以上も年下の娘に笑みを浮かべられ、羞恥に身をよじりたくなる。彼女に見られるのは初めてではなくても、自分だけが脱いでいるものだから、少しも落ち着かない。

「あうう」

下半身を襲ったムズムズする快《こころよ》さに、雅道はのけ反って呻《うめ》いた。千紗が軟《やわ》らかな秘茎《ひけい》を摘まんだのだ。

「ほら、また大きくしてください」

振り子みたいに揺らされ、身をよじる。ペニスをオモチャにされるのは屈辱的でありながら、悦びが一直線に高まった。

海綿体に血液が流れ込む。分身は瞬く間にピンとそそり立った。

「あ、すごい」

がっちりと根を張った牡棒に、いたいけな指が巻きつく。軽く握られただけで、体内に歓喜の波が伝わった。

「むふう」

雅道は太い鼻息をこぼし、裸身をわななかせた。そのままこしごいてくれるものと期待すれば、無情にも手がはずされる。

（え？）

頭をもたげると、千紗が肉根に触れた指を嗅いでいた。悩ましげに眉をひそめたから、燻製《くんせい》のような移り香があったのだろう。

もしかしたら、ペニスがベタついてくさいものだから、愛撫を中断したのだろうか。だからシャワーを浴びたかったのにと、恨み言のひとつも言いたくなる。

しかし、そうではなかった。

彼女はローションのキャップを開けると、例のオナホの穴に注ぎ込んだ。改めて屹立《きつりつ》の根元を握って上向きにし、真上から亀頭に被せる。

ぬるん——。

潤滑液ですべった器具が、牡器官を根元まで包み込んだ。

「あ、あっ」

雅道はたまらず声を上げた。

「そんなに気持ちいいんですか？」

千紗がシリコン製のオモチャを両手で包むように持ち、上下に動かす。ホールは非貫通型で、内部にいくつもの輪っかがあった。それが雁首《かりくび》の段差をぷちぷちと刺激するのだ。

「おおお」

身をよじらずにいられない快感に、腰が浮きあがる。目の奥に火花が散るのを雅道は感じた。

(え、こんなに気持ちいいのか?)

オナニーホールは、だいぶ以前に使い捨てのポピュラーなものを購入し、試したことがあった。少しもいいと思えなくて、以来、その類いのものには手を出さなかったのである。

ところが、今は身を震わせるほどに感じている。ひとりでするのではなく、愛らしい女の子が奉仕してくれるからなのか。

「どうですか?」

感想を求められ、雅道は「すごくいいよ」と答えた。語彙《ごい》の貧困さに気後れしながら。

「わたしとエッチしたときと、どっちが気持ちいいですか?」

続けての質問に、一瞬返答に詰まったのは、どちらがいいのかと迷ったからではない。女性と玩具を比べるのが、失礼な気がしたからだ。

「そりゃ、中川さんのほうがいいに決まってるよ」

しかし、答える前に間があったことから、千紗は本気にしなかったようだ。

「本当かしら?」

訝《いぶか》る眼差しを見せ、今度はオナホを片手で摑む。握りを強め、上下の動きも速くした。

「あ、あ、ああっ」

性感曲線が急角度で上昇する。腰がガクガクとはずんだから、かなりの愉悦に翻弄《ほんろう》されていることは、彼女にもわかったであろう。

「ほら、わたしとエッチしたときよりも、ずっと感じてるじゃないですか」

睨まれて、何も言えなくなる。だが、幸いにも、それ以上追及されることはなかった。

くぷッ……ぢゅぽっ――。

男根を快く摩擦する性具が、卑猥な音をこぼす。

「あん、すごい。オチンチンがビクビクしてるのが、オナホ越しでも伝わってきますよ」

千紗が露骨なことを口にした。アダルトグッズの会社に就職を希望するだけあって、卑猥な器具の俗称も知っているらしい。

「脚を開いてください」

もはや雅道は、彼女に操られているにも等しかった。言われるままに膝を離すと、蒸れていた股間に空気が入ってひんやりする。

「ここも感じるんですよね」

そう言って、千紗がもう一方の手で触れたのは、陰嚢《いんのう》であった。雅道が教えたのを、ちゃんと憶えていたのだ。

そして、教わったとおりに優しく包み込み、すりすりと撫でる。

「ああ、あああ」

雅道は馬鹿みたいに声を上げ、両膝を曲げ伸ばしした。爪先でシーツを引っ搔き、シワだらけにする。

（うう、よすぎる）

あのときも、彼女の奉仕でイカされたのである。なのに、二回目の今のほうが恥ずかしくて、居たたまれない。手ではなく、快楽のための器具を使われているためだろうか。

「あ、キンタマがすごく持ちあがってる。お腹の中に入っちゃいそうですよ。ひょっとして、イッちゃいそうなんですか？」

淫らな問いかけは的を射ていた。牡の急所への刺激が、快感を狂おしいほどに高めていたのである。

「う、うん。もうすぐ」

素直に認めるなり、千紗が上下運動を止めた。玉袋を揉んでいた手もはずされてしまう。

「え？」

このまま頂上に導かれるものと思っていたから、雅道は戸惑った。柔らかなシリコンで包まれた分身も、不満をあらわにビクンビクンとしゃくり上げる。

「自分ばかり気持ちよくなるなんて、ずるいと思いませんか？」

女子学生が不満をあらわにしたものだから、目が点になる。

（いや、なんでだよ？）

普通に愛撫を交わしていたのであれば、もっともな言い分であろう。しかし、彼女はレポートをまとめるために、大人のオモチャの使い心地を調べているのだ。なのに、自分ばかりなんて責めるのは、あまりに理不尽である。

そう反論しようとして言葉を失ったのは、千紗が腰を浮かせ、タイトスカートのホックをはずしたからだ。

（え――）

オナホを手にしたまま、片手で器用にファスナーも下ろす。支えをなくしたスカートは若腰から滑り落ち、パンティストッキングに包まれた下半身があらわになった。

ベージュの薄物に透けるのは、黒いパンティだ。裾がレースになった、フェミニンなデザインのものである。

もしかしたら、年上の男が快感に悶える姿を見て劣情に駆られ、オナホではなく自身の蜜穴で射精させたくなったのか。熱い樹液を、子宮口に注いでもらいたくて。

けれど、彼女はそれ以上脱ぐことなく、雅道の頭のほうに移動する。「んしょ」と愛らしい掛け声を発して胸を跨《また》ぎ、ヒップを差し出した。

（ああ……）

胸に感嘆が溢れる。パンストに包まれた丸みが、やけにエロチックだったのだ。目の前にアップで迫っていたのに加え、黒い下着もナイロンに透けることで、いっそう煽情的に映った。

このおしりで顔を潰されたい。胸に溢れる熱望を察したかのように、千紗が顔に坐ってくれた。

「むふふふぅ」

歓喜と息苦しさの混じった呻きがこぼれる。口許をまともに塞がれ、反射的にもがきかけたところで動きが止まった。

（素敵だ——）

濃密なチーズくささが鼻腔《びこう》に流れ込む。会社の医務室で嗅いだ剝き身の女芯《にょしん》は酸味が強かったが、今は幾ぶん和らいで、尚かつ熟成された趣《おもむき》が強かった。クロッチに染み込み、時間が経ったせいなのか。

わずかに含まれるアンモニア臭は、用を足した名残だろう。居酒屋でも、千紗はお手洗いに行ったのだ。いささか子供っぽいフレグランスが、むしろ好ましい。

感激したのは匂いばかりではなかった。パンストのざらっとしたなめらかさもたまらない。尻肉の弾力とも相まって、極上の感触を生み出していた。

おかげで、少しも苦しくない。酸素が足りていないのは明らかなのに、仮にこのまま窒息しても本望だと思った。

「ほら、わたしも気持ちよくしてください」

千紗が若尻をぷりぷりと振り立てる。恥部にめり込んだ鼻面が、熱さを感じた。やはり欲情しているようである。

だったら遠慮はいらないと、頭を左右に振る。鼻先で敏感なところを刺激すると、「あ、あっ」と鋭い声が聞こえた。

「も、もっとぉ」

はしたなくせがみ、息をはずませる。このあいだまで処女だったのに、すっかり女として目覚めてしまったようだ。まあ、その前からオナニーを頻繁にしていたわけだから、こうなるのも当然か。

（ていうか、そんなに気持ちよくなりたいのなら、全部脱げばいいのに）

そうすれば、もっと感じさせてあげられるのに。ホールの具合を試すために始めたことだから、そこまでするのはやり過ぎだと思っているのか。

「ほら、浦田さんもよくなって」

千紗が手の上下運動を再開させる。蒸れたかぐわしさに昂っていたためもあり、雅道はたちどころに限界を迎えた。

「むふっ、むふっ、むううう」

全身を暴れさせ、迫り来るオルガスムスと対峙する。目がくらみ、いよいよ呼吸困難に陥りかけたところで、その瞬間が訪れた。

「ぐふッ――」

腰を突き上げ、牡の精を勢いよく放つ。さらに続けざまに、二度、三度と。ホールが引っ張り上げられたときに内部が真空状態になり、そのせいで射出速度が増したのか、強烈な快美感が生じた。

(これ、気持ちよすぎる)

愉悦で頭がぼんやりする。同じものを買いたいと思った。

ホール内で逆流したザーメンが、グチュグチュと泡立つ。射精するあいだも、それから終わったあとも、千紗は手を動かし続けた。

(え、なんだ?)

くすぐったさを極限まで高めた快感に、雅道は翻弄された。過敏になった亀頭粘膜を、シリコンの輪っかで執拗《しつよう》にこすられ、頭がおかしくなりそうだ。

「ンふっ、むううううう、ぐううう」

雅道は腰を大きくよじり、甘美すぎる責め苦から逃れようとした。けれど、顔に乗られているせいで、満足に動けない。

そこに至って、ようやく彼女の意図を見抜く。

(そうか。おれが逃げられないように、顔に乗ったんだな)

射精後のペニスを刺激し続けるための措置だったのだ。すべて脱いだら反撃されるし、だからパンストのまま顔面騎乗をしたに違いない。

「むー、むむーっ！」

このままでは本当に死んでしまう。雅道は顔を潰すおしりを必死でぺちぺちと叩いた。ギブアップをする格闘家のごとくに。

（うう、死んじゃうよ）

いよいよ意識が遠のきかけたところで、千紗が腰を浮かせてくれた。

「ふはっ――ハッ、はふっ」

肺が破れそうに呼吸を荒ぶらせる雅道を、脇にぺたりと坐った女子学生が興味深げに眺める。オナホを持った手は、まだゆるゆると上下していたものだから、からだのあちこちがビクッ、ビクッと痙攣《けいれん》した。

「も、もう勘弁してくれ」

涙目で哀願すると、ようやく手が止まる。雅道はぐったりして手足をのばした。

「ひどいじゃないか……」

胸を大きく上下させながらなじると、千紗が眉間に深いシワを刻んだ。

「え、ひどい？」

睨まれて、首を縮める。こんなことをされる理由はわからなかったものの、非難されている気がしたのだ。

「あのとき、わたしに恥ずかしいことや、いやらしいことをいっぱいしたのに、わたしがちょっといじめただけでひどいなんて言うんですか？」

どうやら医務室での一件を、根に持っていたらしい。

彼女はセックスの歓びを知り、満足していたかに見えた。だが、それまで何も知らなかったバージンには、羞恥もかなりのものだったはず。思い出すだけで身悶えしたくなったであろうし、だからこそ、昨日まで連絡できなかったのではないか。

（いや、あれは電マの件で悩んでたみたいだから、それを解消するために——）

反論しようとして、口をつぐむ。そんなのはただの口実で、要は若いからだを欲望のままに弄んだだけなのである。雅道自身、やりすぎたと激しく後悔したではないか。

「……うん。あれはおれが悪かった。中川さんが可愛いから、つい調子に乗っちゃったんだ。本当にごめん」

非を認めて謝罪する。本当はちゃんと正座して、頭を下げるべきなのだが、絶頂後の倦怠感《けんたいかん》が著しく、起きることすらできなかったのだ。

すると、千紗が満足げに頰を緩める。

「もういいんです」

「え？」

「べつに、本気で怒ってたわけじゃありません。ただ、あの日のことは思い出すだけでも顔が熱くなっちゃって、だから仕返しをしたかったんです」

悪戯《いたずら》っぽい笑みを浮かべられ、ホッとする。

「あれ？　それじゃあ、アダルトグッズの会社を受けたっていうのは——」

「はい、嘘です。このオモチャも、わたしが通販で買ったんです」

まんまと騙されたというわけだ。彼女とセックスができるかもしれないと、鼻の下をのばしていたものだから、簡単に引っかかったのである。

「だけど、浦田さんって、本当にヘンタイですよね」

侮蔑の言葉に、雅道は戸惑った。とは言え、思い当たるフシがまったくなかったわけではない。

「ど、どうして？」

「だって、わたしが顔に坐ったら、オチンチンがすごく硬くなったんですよ。あれ、わたしのアソコのニオイを嗅いだからですよね」

事実を指摘されては、何も言い返せない。それをいいことに、千紗の追及は続く。

「あの日だって、わたしの汚れてたアソコをうれしがって舐めてましたし、そういうのが好きなんですか？　あ、そう言えば、わたしのパンツを洗ったときも、こっそりニオイを嗅いだんだとか」

訝る眼差しを向けられ、雅道は観念した。

「ああ、そうだよ。だけど、しょうがないじゃないか。中川さんの匂いがとっても素敵で、昂奮しちゃうんだから」

開き直ると、千紗はあきれた顔を見せ、肩をすくめた。

「ま、いいですけど。浦田さんには、エッチの気持ちよさも教えてもらいましたし、ちょっとぐらいヘンタイなのは受け入れてあげます」

ずっと年下の娘から、上から目線で赦《ゆる》しを与えられるとは。自分だけが素っ裸で、肌色の性具をペニスに嵌《は》められたままの状況とも相まって、情けなくなる。

「その代わり、ちゃんと責任を取ってくださいね」

「え、責任？」

「わたしをオンナにしたのは、浦田さんなんですから」

千紗がオナホをはずす。たっぷりと出した精液が滴り落ち、ペニスを淫らにコーティングした。

ずっと刺激されていたものだから、その部分は萎えることなく、力を漲《みなぎ》らせている。それを見て、女子学生が淫蕩《いんとう》な笑みをこぼした。

「元気ですね」

腰を浮かせ、パンストに手をかける。黒いパンティと一緒に、若腰から剝きおろした。

上半身はリクルートスタイルのままで、下半身のみが裸。全裸よりもエロチックで、肉根が煽られたように脈打つ。

「こういうのも、やってみたかったんです」

彼女は男の腰を跨ぐと、ザーメンまみれの淫棒を厭《いと》うことなく逆手で握り、自身の苑に導いた。騎乗位で交わるつもりなのだ。

「あ、ちょっと」

雅道が制止したのは、その前にクンニリングスをしてあげたかったからである。ちゃんと濡らすためというより、正直な匂いと味を堪能するために。

しかし、千紗はしっかり見抜いていたらしい。

「ひょっとして、わたしのアソコを舐めたいんですか？」

目を細めて訊ねられ、悪戯を見つかった子供みたいにうろたえる。

「ああ、いや……ほら、挿れる前に濡らさないと」

「だいじょうぶです。浦田さんがひーひー声を上げてよがるのを見て、わたし、すごく昂奮したんですから。アソコももう、ヌルヌルなんです」

男が身悶える姿に愉悦を覚えるなんて。そんなふうには見えないが、案外サドの気があるのだろうか。

「それに、オチンチンにも精液がいっぱいついてますから、簡単に入っちゃいますよ」

事実、彼女が腰を落とすと、屹立はぬるんとあっ気なく呑み込まれたのである。

「ああん」

真下から串刺しにされ、若い肢体がわななく。快い締めつけを浴びて、雅道ものけ反った。

「あん、オチンチン、奥まで入っちゃった」

あられもない報告をして、千紗が面差しを蕩《とろ》けさせる。性の深淵を覗いた、女の顔をしていた。

そして、身も心も奪われるほどに綺麗だった。

「動きますよ」

腰が前後に振られる。最初はおっかなびっくりというふうであった。これが初めての騎乗位なのだから、無理もない。

それでも、程なくコツが掴めたか、動きに迷いがなくなる。しゃがむ姿勢になると、ヒップを上下にも振り立てた。

「あん、あん、気持ちいいっ」

交わる性器が、グチュッと卑猥な音をこぼす。ザーメンに豊潤な愛液も混じって、膣内はトロトロだ。

悦びを真っ直ぐに求める姿は健気であり、若さゆえの一途さも感じる。そんな彼女を見つめて、雅道は胸が熱くなるのを覚えた。このまま この子と、一生繋がっていたい。

その気持ちが通じたかのように、千紗が閉じていた瞼を開いた。

「わ、わたし、内定をもらったんです」

「え、本当に？　おめでとう。どこの会社？」

「浦田さんの会社です」

愛らしい容貌に、恥じらいと期待が浮かぶ。

「だから、これからもいっぱいしてくださいね」

もちろん、雅道もそのつもりだ。

「いいよ。おれが中川さ——千紗ちゃんをいっぱいイカせてあげる」

「うれしい……」

「ほら、こういうのはどう？」

雅道が真下から腰を突き上げると、彼女が仔犬みたいに「きゃんッ」と啼《な》いた。

※この作品は2021年5月6日〜9月2日まで「日刊ゲンダイ」にて連載され2021年5月27日〜9月16日まで双葉社ホームページ（https://www.futabasha.co.jp/）にも連載された作品に加筆訂正したオリジナルで、完全なフィクションです。

双葉文庫

た-26-53

わきまえないカラダ

2021年12月19日　第1刷発行

【著者】
橘 真児《たちばなしんじ》

【発行者】
箕浦克史
【発行所】
株式会社双葉社
〒162-8540 東京都新宿区東五軒町3番28号
［電話］03-5261-4818(営業部)　03-5261-4833(編集部)
www.futabasha.co.jp(双葉社の書籍・コミックが買えます)
【印刷所】
中央精版印刷株式会社
【製本所】
中央精版印刷株式会社

【フォーマット・デザイン】
日下潤一

ISBN978-4-575-52526-7 C0193
Printed in Japan

草凪優　人妻の達人　オリジナル長編　性春エロス

この世で一番エロいのは、人妻という生き物だ——。人妻しか愛せない二十八歳の男とエロすぎる人妻たちが繰り広げる究極の性春エロス。

桜井真琴　人妻温泉　癒やしの宿　書き下ろし長編　柔肌エロス

訪れた温泉旅館でひょんな流れでマッサージ師として雇われることになった三輪宗介。下心たっぷりの施術で、美人妻たちを癒やしていく。

桜井真琴　地方の人妻がいやらしすぎて　書き下ろし長編　柔肌エロス

奸計に嵌まり地方の営業所に飛ばされてしまったエリート社員の遠野亮一は、地方の淫らな女性たちとの情事で身も心も癒やされていく。

桜井真琴　艶めき同窓会　書き下ろし長編　柔肌エロス

同窓会に参加した夜に当時好きだった美少女・吉永夏美と身を重ねた立花周平。その勢いのまま に女教師や元の同級生を抱きまくるのだが。

桜井真琴　淫情アパート　書き下ろし長編　柔肌エロス

ニート暮らしに呆れた祖父に、所有するアパートの管理人を命じられた川崎涼太郎。美女揃いの住人を相手に、夢の管理人性活がはじまる。

橘真児　やわらかな枕　オリジナル長編　安らぎエロス

枕の企画開発に携わる河内清志は「膝枕屋」の志保里に蕩けるような癒しを与えられ大感激。その熟れた女体を枕に再現すべく奮起する。

橘真児　お風呂でゴックン　書き下ろし長編　爽快エロス

売れない役者の本庄昭信は銭湯を切り盛りする祖母の入院を機に、祖母に化けて番台に坐る羽目に。美女客に〝男の煙突〟を猛刺激される。

橘真児
人妻ちゃんこ
書き下ろし長編
美味エロス
両国のちゃんこ屋で働く純情青年柿沢盛夫は相撲部屋の美人おかみさん連中の〝かわいがり〟で童貞喪失。エロス番付を駆け上ってゆく。

橘真児
お試しください
書き下ろし長編
爛漫エロス
商品モニターの副業に励む多田満は、試作品を密かにエッチ方面へ転用。興味津々の人妻や生娘らが次々と〝肉体お試し〟を志願してくる。

橘真児
おこめ紀行
書き下ろし長編
豊作エロス
おにぎり屋を開く未亡人の義姉・彩音のため、カメラマンの渡利恒二は各地を取材がてら旨いお米を探し、ついでに絶品お○こも賞味する。

橘真児
蘇えれ！ 淫狼
オリジナル長編
びんびんエロス
厄年にして独身の館邦彦は一念勃起、いや発起しあらゆる回春法に挑戦。鰻登りの男性力で隣りの未亡人や美人女医らを虜にさせていく。

橘真児
ティッシュよ 今夜もありがとう
書き下ろし長編
ノスタルジーエロス
時は昭和58年。今宵も自慰三昧の浪人生光村健一に初体験のチャンスが巡ってきた。叔父の妻のナマ女体を前に我を忘れた健一は……!?

橘真児
奥さまの胸で 泣かせて…
オリジナル長編
情愛エロス
顔も名前もコワモテの権藤憲三郎は今宵もひとり涙酒。逃げた妻を思ってむせび泣く彼を隣室の人妻・靖代がおかずを持って訪ねてくる。

橘真児
いい女、酔い女
オリジナル長編
ほろ酔いエロス
下戸の営業マン・掛川俊道は社内の宴会の夜、酔った新人ＯＬ・香澄の生搾り女体を堪能。はしご酒からワカメ酒、恍惚の日々の幕が開く。